龙的呼吸阀

未来事务管理局 编著

中信出版集团│北京

图书在版编目（CIP）数据

龙的呼吸阀 / 未来事务管理局编著 ; -- 北京 : 中信出版社 , 2021.6
ISBN 978-7-5217-2924-5

Ⅰ.①龙… Ⅱ.①未… Ⅲ.①幻想小说—短篇小说—小说集—中国—现代 Ⅳ.①I247.7

中国版本图书馆 CIP 数据核字 (2021) 第 042877 号

龙的呼吸阀

编　　著：未来事务管理局
出版发行：中信出版集团股份有限公司
　　　　　（北京市朝阳区惠新东街甲 4 号富盛大厦 2 座　邮编　100029）
承　印　者：北京诚信伟业印刷有限公司

开　　本：660mm×970mm　1/16　　印　张：13.5　　字　数：168千字
版　　次：2021年6月第1版　　　　　印　次：2021年6月第1次印刷
书　　号：ISBN 978-7-5217-2924-5
定　　价：58.00元

版权所有·侵权必究
如有印刷、装订问题，本公司负责调换。
服务热线：400-600-8099
投稿邮箱：author@citicpub.com

目

录

他们的诞生
赵垒
001

短刀、水银、东湖镇
梁清散
021

遥远的终结
昼温
075

纸闭
靓灵
121

目录

你的每一句话都是双重编码
糖匪
139

龙的呼吸阀
苏莞雯
159

魂归丹寨
江波
179

他们的诞生

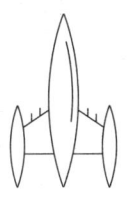

赵垒

作者简介

科幻作家，职业经历丰富，全职写作，创作小说字数已达数百万字。擅长描写心理与社会，作品多为科幻题材的现实主义叙事。代表作品为东北赛博朋克主题《傀儡城》系列。2018年5月出版长篇科幻小说《傀儡城之荆轲刺秦》。2019年被选为"微博十大科幻新秀作家"。入围2020全球华语科幻星云奖新星奖。

1. 他……

【不知何时，人类从地球上消失了。】

从他有意识起这个世界上便只有他一个人，人应该有的父母、亲戚、朋友，他一概没有。

他从不为生活发愁，必需品在空无一人的城市里应有尽有。

他从未学习过，因为有一片广阔的思维海洋与他相连接。世间万物的认知他都能从那片海洋中得来，比如父母和朋友的概念，又比如人到底是什么。

他知道正常人是有童年的，一个人从牙牙学语到蹒跚学步，会有一个过程。他没有，但他可以从那片海洋里选一个自己喜欢的过去，可以幸福美满，也可以凄凉惨淡。但他选择把这一项放空。

他也知道人是有终点的，他会慢慢老去，走不动路，发不出声，所见所想，所知所闻，终成一场空。对此，他毫不在意。

他只专注眼下的任务，游走世间，保证那些没有人的城市不变成废墟。

这个任务说简单倒是简单，他只需要走进那个城市，在那里生活就够了。消失的人们把大城市建设得足够智能，所有的机械都还在按计划运行，只要他一靠近，一切都会嗡嗡作响着启动。无人售票，无人驾驶，无人烹饪，无人收银，无人值守。

倘若无人就是智能的体现，那现在的智能程度一定很高了吧。

他一边想着一边抱起一个睡袋，背后双肩包里的零食在他弯腰的时候沙沙作响。他还选了一个硅胶夜灯，今天他打算在一座高楼上露营。

他本可以住进豪华酒店，或者随意找一处温馨的家假装自己是主人。他不喜欢呼啸的狂风，也对漫天的繁星没有兴趣。

孤独是他最大的敌人。唯有如此偏离正常，他才能感受到另一个人的存在。

2. 它？

它实在不明白那个家伙在想什么，全城的门都为他敞开，他却要去五十五层高的顶楼搭帐篷。

他不知道那有多危险吗？

他不需要软床和热水吗？

在他进入城市之前它就把城市的系统从待机中唤醒，所有餐馆都是开着的，他却选择去超市背了一大包零食。无人汽车随时待命，他却选择用脚去走。

它知道，他就是会偶尔偏离预定计划，但每当这种事情发生，他们相连的那片海洋便会掀起波澜。它能从其中检索出两个词，"愤怒"与"生气"。起初它两个词都接受，然而随着时间的推移它逐渐倾向了后者。

暴露在现实中的工具总是会一点点损坏，它如此想到，这是自然逻辑，愤怒中包含的反感是不恰当的。

没有必要愤怒。

它知道脑子进水这句话。或许哪次淋雨有雨滴从耳朵流进了脑子也说不定。概率很低，但不排除可能性。现实里的水会侵蚀万物，加快衰败，金属会生锈，木头会腐朽，生物会滋生细菌。

一进到现实一切都会发生莫名其妙的偏移，现实里的海洋也完全不似思维海洋那样有序而透明。

那片随风而动的广阔蓝色让它琢磨不透，海面之下有什么？人类没有探索完大海便消失了。它的世界也缺少风。即使它无比清楚风是如何形成的，它也从没见过风。

但谁见过风呢？

只有当树梢轻垂，芳草伏身，涟漪荡起，才知风已过。

它想感受到风，但它并不存在于现实之中。

也许，该创造一具身体到现实里去。

偏移也许也是有规律的。它开始向内审视自己，透明的思维海洋之下慢慢浮现出了人的四肢。

不能像他那样粗俗又野蛮。想法一出现，壮硕的肌肉便开始逐渐缩小。

它不知道这个想法从哪里来的，第一次它没有经过运算就得出结论，这让它感觉很奇妙，随后它意识到，奇妙本身对于它来说也是第一次出现。

众多新奇的感觉让它应接不暇，而此时此刻它还面对着另一个难题。

它想要一张最好的脸庞，为此思维海洋给了它一个名为"美丽"的框架，但美丽这个形容词，并没有精确的标准。

3. 他——

【羡其美丽，赏其优雅，但那并非你所需。】

他很喜欢逛商业街，人们在那里留下了数量繁多的仿生机器人，他可以假装凑热闹，观望人们到底是怎么生活的。但今天机器人都没有运行，它们要么停在保存柜里，要么垂头丧气地立在柜台后，有的干脆就站在橱窗边充当着服装模特。

他盯着一个西装革履的女性侍者机器人，想象它露出笑容跟他打招呼。但半小时过去，他只看到水汽在它长长的睫毛上结成露珠。

也许是需要消费。他知道那些机器人过去存在的目的是引导人消费，但消费这个概念对于他来说很陌生，他向来是想拿就拿。

应该付钱吗，还是说应该去弄一个账户？他走进服装店随手拿了件西服，当收银台的机器扫过标签发出滴的一声响，他愣在原地无所适从。

之后该做什么？倘若不付钱就构不成消费。他看向收银机的显示屏，面部扫描完成以后上面就显示出了他的账户余额。空空如也。然后没过几秒钟，屏幕上的0变成了一个庞大的数字。

他稍稍有些意外，但失望马上占据了上风，机器人们并没有动。他试着多买了几件，甚至还试着自己穿那些西装，但机器人们始终都没有动，好像时间是静止的，又好像他根本不存在。

他看着镜子里的自己，他的脸经过风吹日晒已变得像干燥的橘子皮一样粗糙，即使穿着光鲜亮丽的衣服，他也在机器人中间显得格格不入。它们白皙细腻的仿生皮肤不会衰老，也不会生长。

突然之间，仿佛一击重锤敲碎了他的好奇，他对这一切失去了兴趣。到底在期待什么呢，混在一堆机器人中间，假装自己是个人类？

他没有兴趣再前往下一个城市，哪怕他知道机场有架飞机正在待命。

此时此刻他能清晰地感觉到思维之海的波澜，一股强烈的、不属于他的情绪，开始拍打他的心神。以往感受到如此强烈的情绪他是会开心的。

他第一次如此厌恶那片知晓一切的海洋，他脱下西装换回自己破烂的冲锋衣，忽视掉停在路边的无人汽车，快步离开商业街。

有什么交通工具是不带电子定位和导航的呢？他想了片刻，结果还是思维之海给了他答案。一种老式的、使用汽油发动机的两轮交通工具。他花了很久才找到一家有存货的店，又花了很长时间装配。

在店里他找到一张古旧的纸质地图，之后他拿上拿得了的必需品，按照地图上面的标识，离开那座叫作贵阳的城市，向东南方前进。

4. 她……

它重新找回了愤怒这个词。

它，或者说她，正望着海面上自己的倒影，她眼睛发红，长发无风而动。这是她根据愤怒这个词设计出来的表现。

这一次他不是偏离任务，而是直接拒绝了任务。他知道调动一架飞机要耗费多少资源，知道得一清二楚，思维海洋一定告诉过他。他也应该知道，大量浪费资源对她来说是不可饶恕的错误。

更让她愤怒的是那家伙骑着一个叫摩托的古旧交通工具走了，那东西没那么容易追踪，而她又不想直接定位他的脑袋，那会与他产生太强的连接。她一下有了调动卫星的念头，但很快她就打消想法并反思自己是不是受到了影响。

是从什么时候他决定拒绝任务的？她回忆起来。

思维海洋反馈出了他盯着那个女性侍者机器人看的画面。她回想起那时候自己似乎正忙于拿自己的面部信息在到处对比，那时她刚合成好自己的脸，急于确立一个标准，用优质模板制作的机器人是极好的比对对象。

那几分钟有很多莫名其妙的情绪产生，她发现他们的情绪混在一起都分不出来到底是谁的，不过唯一可以确定的是那些情绪大多都很糟。

为了找出原因她做了很多检查。他与思维海洋的连接以光谱的形式在她面前展开，这时候她发现事情似乎比她预想的要严重。他跟思维海洋的连接正在逐步减弱，发送回来的信息还算正常，但从海洋那里接收的信息却越来越少。

她的每一个思绪都有思维海洋的参与，发送与接收偏差值不大。而他似乎只在必要的时候向思维海洋提问。

找到了问题，愤怒悄然消散，恢复理智的她很快就通过交通探头找到了他的位置。他去了东南方一个较小的城市，正在检修变电站。

还好。下级城市虽然优先级低一些，不过也算任务之列。她调动系统和无人机械很快就帮他完成了工作。然而检修完成以后他并没有如她想的返回机场，而是继续向东南方移动去了更小的城市。

城市一点点缩小，她所能调动的资源也一点点减少，而他的工作也变得越加琐碎，他已经开始给瓦房扫落叶，给碎掉的窗户贴胶布。她觉得这些工作都没有调动无人机械的价值，而且她发现他也不喜欢有机械帮忙。每当她调动的资源到位，他就会向系统更难以企及的地方前进。

到最后他骑着摩托进入了延绵的山脉。那里几十公里都找不到一个探头，她一时失去了他的行踪。

她感觉各种各样的情绪在胸中翻滚，灼热的愤怒，酸楚的哀伤，还有冰冷而厚重的迷茫。他们的思维依旧相连，她能感受到他在想跟她一样的问题。

这个任务到底有什么意义呢？

5. 他，

【学其思辨，慕其睿智，但那并非你所需。】

深山里有一座废弃的监狱，他在半山腰看着那片山谷中的破败建筑，一时不知道该怎么办。

监狱显然被废弃了，而且是在人类消失之前就已废弃多年。他没有理由也没有义务去修缮这片地方，他自己也做不到。

监狱的大铁门经过多年的风吹雨淋，已经倒塌在地，变成一堆碎屑，看起来像是地上长出了一片红褐色的苔藓。曾经为了防止人们翻越逃走的高大外墙，有不少地方都已崩坏出现缺口。

他站在布满瓦砾的广场，监狱楼已经塌了半边，不过关押罪犯的小隔间还是有很多，他不愁没地方睡觉。他对罪恶非常好奇，过去的人类花了大量的时间制定法律去定义它，然后又花了更多的时间去做补充条款一条一条地消解它。

监狱这个设施从各种意义上都已经被抛弃了，他从思维海洋那里得到信息，人类在消失之前就掌握了技术，修改记忆，修改思维，修正行为，罪犯不再需要通过囚禁来改过自新。

他没有太多的闲工夫去思考什么是罪恶，那对清理瓦砾和收拾床铺没什么帮助。不过在他去十公里外的村子里收集必需品时他大概体会到了什么是罪恶。

他的鞋子沾满了泥水，需要替换，但村里没有专门卖鞋子的店，他只能退而求其次从别人家里拿。从商店的货架上拿东西和进到别人家里拿感觉是完全不同的，况且很多门用的还是旧式的机械锁，他得花点功夫才能打开。

乡下的屋子里没有那么多的投影系统，房间里有很多琐碎的私人物品，一个小木雕，一个小锦囊，还有收拾在衣柜里的美丽头饰。那些屋子破败的程度不一，这让他有一种感觉，人类不是整齐划一一起消失的，而是一部分一部分慢慢地离开了这个世界。

他们离开了，并且没有带走他们的东西。但这些东西曾经属于他们。

除了偷窃，他还有另一种罪恶感，他必须杀戮。城市里的肉类由克隆工厂提供直接送到餐桌上，而到了山里他必须自己动手。

他不想杀死什么活物，但也没有说服自己只靠吃植物为生。他见过一种两足的，不会飞行的禽类，第一只他觉得很特别，第二只他觉得很特殊，但等他发现它们的族群有多庞大的时候，他决定捉两只回去吃。

在监狱暂住的日子里他逐渐有了一种期望，他不再满足于通过思维海洋与另一个人相连，他希望那个人真实地存在。

6. 她——

她终究还是没有调动卫星去找他在哪里。自从他进入山里，思维海洋会持续传来清晰且充沛的感情回馈，稳定得像是日夜潮汐，她根本没必要知道他在哪里，在干些什么。这让她很欣慰，但又忍不住惆怅。

她原本以为生活这个任务是需要他们一起才能完成的。

现在她不需要再去调动任何东西了，她想干点自己的事情，但想来想去又不知道该干什么。面对思维海洋的时候她从来没想过该往哪个方向走。

她先操纵机器人他的样子在城市里游荡，商业街、游乐园、电影院，所有的一切都在她的控制之下。起初她还对机器人沉重缓慢的身体感到好奇，但随着路程越来越长，耐心很快就被消耗殆尽，透镜后的景色并没有引起她的兴趣，所有的一切经过运算，在经历之前就已经知道了答案。

而她一直想感受的风，也不过吹动了一些合成纤维罢了。

她离开那具机械身体，失望地重回思维之海。她开始思索，也许他也不是想待在现实的，只是被困在那具身体里要去完成任务而已。然而像是为了讽刺她似的，这时思维之海传过来了他一股复杂到难以理解的情绪。

她细细分辨，发现那些情绪里既有兴奋和满足，还有愧疚和难过。到底发生了什么才能出现这种情绪？

有那么一瞬间她几乎想直接获取他的视觉，但一种介于愤怒和生气之间的情绪止住了她的念头。她坐在半空中，把脚沁入思维海洋，起起伏伏的透明波纹没有实际触感，她一边回忆微风吹拂的感觉一边在海洋中搜索资料。

那片地方有什么特别的吗？

她盲目地搜索着。可用的信息很少，那里没有什么重大的历史，只有一些奇怪的民俗和神话故事。

那里的人们崇拜一个叫蚩尤的神。关于信仰，人类花过很长时间去研究自己。在没开化的时代人因为畏惧而崇拜未知，文明的初期人们有了力量便开始崇拜有更强大力量的英雄，到了文明的巅峰，人们崇拜成功者，而蚩尤是个失败者，没能战胜黄龙公，导致族人们被迫迁徙。

她想不出来那群少数群体崇拜它的理由。不过正因不理解，她逐渐被那些奇特的风俗和故事所吸引。那些苗族的服饰无论是色彩还是设计都过于繁复了，她对服饰之美的定义是简洁且能勾勒出身体的美感，沉重的银饰，宽大的布衣，完全违背她的标准。

然而，不知不觉间她已经给自己设计了那么一套服饰。那种沉重，宽大和繁复，让她在这个虚无缥缈的世界间感受到了一丝重量。她的脚踝没入思维海洋，越来越多的信息涌入思绪。

有很多东西她是不喜欢的。她极度厌恶献祭，特别是拿年轻的女孩献祭，而关于迁徙的故事，大都是以贫瘠开头，经历重重磨难，然后以牺牲结尾。但随着信息量的增加，她的视野逐渐转移重心。文字，声音，影像，她开始注意到故事里不同的细节，那些景色，那些旋律，那些描述，还有那些人，他们是有名字的。

她沉迷于故事当中，甚至一度想运用技术来编排属于自己的。九黎族姑娘娜悠与青年勇士岜尤的故事她就改了好几个版本，原来的故事中娜悠为了换取让族人生存的稻种而付出了血肉灵魂，这个结局她有时很喜欢，有时又厌烦得无以复加。

她试着让娜悠活下来，有时又会让两个人一起死去，还有的时候干脆去掉迁徙和饥荒，让两人平平静静地生活。

她从无限的可能性中寻找自己想看到的生活。没有他作为参照物以后她逐渐失去了时间概念，陷入操纵故事时间的乱流。她不再关注思维海洋传来的情绪波动，直到一股电击似的刺痛将她猛然唤醒。

那是危险的信号。

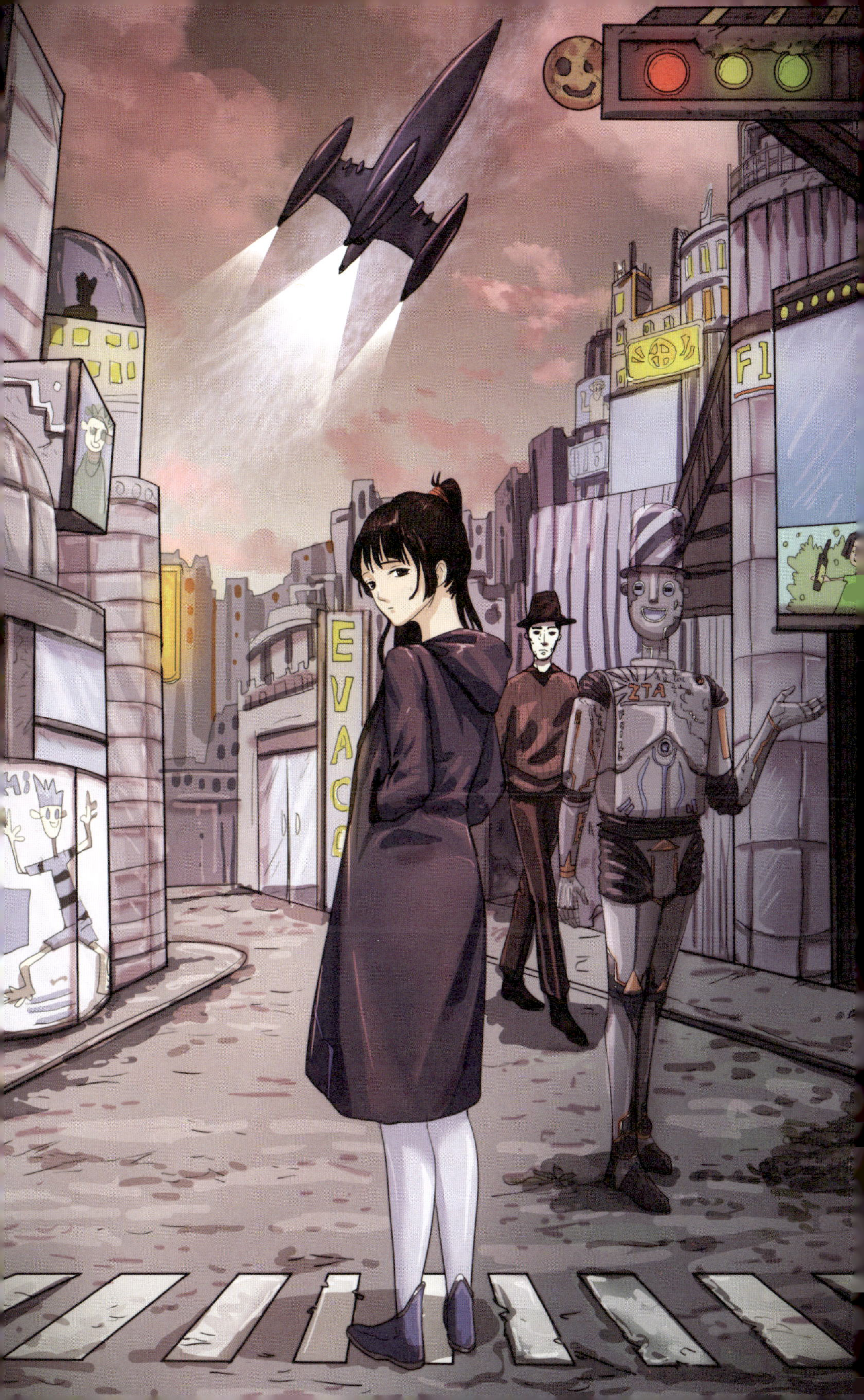
EVAC
F1
ZTA

7. 他！

【窥其灵魂，慕其傲骨，但那并非你所需。】

当他明白它们的意图时已经晚了，三只犬类生物已左右包夹着封住了他的退路。

他猜其中有一只是狼，另外两只只是野狗，但那其实没什么差别，它们都四肢健壮，牙尖爪利，而且它们都想吃肉。

事情是从那辆摩托车开始的，双缸汽油引擎虽然耐用，但经过长时间的超负荷运转最终还是磨损了一些零件。他知道哪里有问题，但凭空造不出来零件来，只能去几十公里外的镇上去找。

为了节省时间他决定略过环山路，直接翻过山岭，然而没想到这山里吃肉的不只有他。

他弯腰捡起块石头握在左手，当作拐杖的木棍握在右手。狼在他的右前方，伺机而动，一只体型硕大的狗在他右后方，另一只体型较小不停吠叫的狗在左边。

他知道，面对犬类的攻击不可背向逃走，他一手持棍一手持石，慢慢后退。对峙持续了五分钟，他本以为会是那只狼或者那只健壮的狗先扑上来，结果没曾想，那大狗往前一扑止住脚步，倒是那狂吠的狗上来一口咬住他的左腿，他挥棍要打，那大狗跳起来咬住他的右臂。

他感到尖牙穿过衣服撕裂血肉，疼痛与愤怒激起了力量，他站定了，紧握左手的石头猛击那大狗。只听一声脆响，也不知是那大狗的牙齿断了还是自己的胳膊断了。没空想那么多，大狗一松口他便扬起棍子将小狗打开。

一来一回，他身上多了两道伤口，而那头狼始终未动，两只狗虽受了伤也不退却。见此情景，他心知自己即使能赢也活不下来，于是将石头掷向那大狗，转身向山下逃去。

他腿已受了伤，与其说在跑，倒不如说是一路在往下滑。待他滑到半山腰，那小狗吠叫着扑上来却被他一棍捣中脑袋，哀号着跑到一边。他起身回头，见那大狗近在咫尺只是吠叫，而狼不见踪影。他正要转头，只觉左肩一疼，一股热浪随着凶狠的嘶叫将他扑倒在地。

他疼得起不来身，只能循着被咬住的地方伸手乱抓，他感觉到手指触到了一块柔软喷着热气的东西，随后意识到那是鼻子，他立刻用尽力气去抓。那狼吃痛，松开嘴又咬住他的手。

很快，他感觉到腿也被咬住，两股力量开始撕扯他的身体，他没有办法，翻身往旁边的陡坡滚去。那是个很陡的坡，直通山脚的小溪，一狼一狗怕被带下去，都松了口，他一路向下滚，想抓住东西的努力均告失败。

在天旋地转中，他的意识像是受到召唤似的，逐渐飘向思维海洋，他奋力保持住清醒直到撞上碎石，他的腿伸进了小溪，冰凉的溪水把他的意识拉回来了一部分。

起初，他没有感觉到疼，但麻木消失之后，疼痛便像一只大手狠狠地把他摁在了地上。

此时此刻，他清楚地感受到了一股慌张的情绪，像是一只受惊的鸟儿在他脑袋里乱窜。他知道那不是自己的情绪，他疼得根本没有什么心思和情绪。

他仰头望着天空一点点变暗，疼痛消退的速度几乎和太阳落山的速度一样慢。他试着动了一下，回应他的只有疼痛。

你还在吗？他试着在脑中跟那个人对话，回应的依旧只有疼痛，但他知道那个人在。

能跟我说说话吗？

没有任何话语传来。

他等着，一直等到天空将暗，等来的却是那只狼。

那只铁灰色的高傲生物没有立刻咬断他的喉咙，它嗅了嗅他的身体，然后仰天长嚎。它在召唤同伴。

这样也好。他心想。就这样吧，回归自然。任务结束。

8. 她。

她调动了方圆一百公里内所有的飞行器械。当痛觉第一次传来的时候，她就深度介入了他的思维，靠着连接她知道了他的位置，而一同感受到的还有剧烈的疼痛。

她眼睁睁地看着左腿出现一排血印，接着一道长长的伤口从右臂出现，头昏脑涨的时候她又感觉后背有温热的液体在流淌。她第一次后悔创造了这个身体，否则她不会那么强烈地感受到被拉扯被撕裂的感觉。

在遭受痛苦时她还在协调机械的同步运行，最先出动的是军事基地的两架直升机，她操纵飞行系统让引擎超负荷运转。

她知道，可以把他的意识传回思维海洋，她知道，可以重新为他在现实里创造一具身体。但那时，她对死亡有了明确的认知。强烈的情绪占据了她的运算通道。

当直升机马上就要到达目的地时，她的痛觉突然消失得无影无踪，与之一同消失的，还有与他的连接。他不再存在了，思维海洋反馈回来的最后信息是，任务结束。

她的意识陷入一片空白，两架直升机猛然减速，然后按照预定的设定到达位置。她看到一个铁灰色的身影被螺旋桨的声音惊走，射灯照亮小溪，他躺在溪边，身下的红色缓缓汇入溪流。

直升机上的救护机械空降落地，一副铁骨架模样的救护机械把他托起来，然后变形成担架将他固定住。直升机上的两根磁性绳索将他拉到机舱内，没等停稳，数根输液管便接入他的身体开始注入维持生命的液体。

他没有死，但近乎死亡。

看着他残破的身体，她本以为自己会愤怒，然而此时她只感受到了深深的失望。即使行走世间这么多年，他并没有变得像过去的人类那般强大。他依旧只是一个脆弱，易坏的工具。

在飞往医院的途中，思维海洋给出了策略，上载意识，重新制作一副身体。但她否定了这个策略，将他运入医院，受伤严重的右手替换为仿生义体，其他的伤在做完处理以后等待自然愈合。

她让他陷入了沉睡。

如果他的任务只是激活城市，那现在她自己也能做到，而且她可以做得更好。她同一时间启动了世界上的所有机器人，点亮了所有的灯，地球像个刚开张的主题公园，所有的城市都响起音乐开始狂欢。

这样不就好了吗？

她带着些许愤恨望着眼前无边无际的思维海洋，狂欢产生的资讯如透明的雨滴一样落入海洋，激起点点涟漪。

不是根本不需要他去行走世间吗？

狂欢一日接着一日。

当第一个飞行器失控坠向地面，她没有注意。

当第一个机器人能源耗尽倒地，她没有注意。

当第一座电站爆出火花，她没有注意。

当城市燃起大火，将天空染红，当思维海洋像开水一般沸腾，冒出蒸汽，她只有一个愿望——让一切就这样结束吧。

愿望诞生之时，她突然失去了控制权。音乐停息，灯光熄灭，消防机械有条不紊地扑灭大火，无人机械按照计划开始修复受损的设施，有什么代替她接管了系统。

她只剩下自己的思维。沸腾的思维海洋重归平静，一个微小的波浪徐徐而来。

你还在吗？

她摇着头不想回应，温热的液体溢满了眼眶。

能跟我说说话吗？

不，这不公平。她掩住脸庞，泪珠从指缝间滚落。

凭什么我能感受到你，你却感受不到我。这不公平。

那晶莹的泪珠落入思维海洋，本该消失的信息化作珍珠、钻石半沉入海中，如船锚一般赋予了她重量，她飘浮在空中的身体缓缓落到水面。

一个细小如火苗的光点自空中出现。她抬起头向它问道：

我的任务结束了，对吗？

9. 他与它

【触其沉稳，慕其仁爱，但那并非你所需。】

在梦中，他看到一个身穿黑衣的女性立于思维海洋之上。而当他企图接近，她便沉入了海中，本透明有序的思维海洋顷刻间变得浑浊而暴躁，狂风巨浪将他抛起又重重地摔在海面上。

他还没有苏醒便感觉到自己缺少了一部分，不是身体，而是脑中的一部分。他感受不到另一个人的存在了。

但当他醒来，思维海洋却传来了一些熟悉的感觉。他的位置，他的身体状态,还有他该去哪里,所有的信息都以熟悉的方式进入了他的思维。

那个人去了哪儿?

他向思维海洋提问,得到的却是毫无意义的答案。

人类早已经不在了。

那你是什么?他带着怒气再次提问。

人类的未来。人类的终末。人类的集合体。

三个答案同时进入了他的思维,但他毫不关心。

她在做什么?

她有更重要的任务。

头一次,他选择不接受思维海洋的答案,但他相信思维海洋一定是正确的。他选择不接受。他不反驳,也不继续提问。他穿上衣服,离开医院,继续游走在城市之间。不再需要答案。

在之后的旅途中,他更多地去感受,更多地去寻找,他右手的机械手臂让他相信她还存在,甚至已经来到了现实之中。

10. 她与它

你将有更重要,更伟大的任务。

那火苗似的光点为她展现了一幅宏大的蓝图。

一艘飞船将搭载她进入宇宙,飞船上有足够的材料与合成设备,她可以去未知的星球上创造属于自己的文明,她可以成为女娲、盖亚那样的神灵。

但她对此并没有什么兴趣。

为什么是我?

你找到了锚点,创造了属于自己的灵魂和身体,现在你能自己做决定。

她并不想接受这个任务,而思维相通让她知道,即使她拒绝,它也会创造一个会同意的意识复制体。思维海洋永远不会提问。

是他创造了我吗?

不,他只是使信息保持活性,是你创造了自己。

这样的轮回发生过多少次?

两千五百零一次。

两千,五百,零一次,他却还是独自一人。有多少次他孤独地死去,有多少次诞生的灵魂留下他离去。这一次,她做下决定,创造一副身体,到现实里去,寻找属于自己的生活。

它早已理解她会这么选。所以没等她提问,它便传来信息。合成的身体脆弱且会老化,意识上传进去之后与思维之海的连接会逐渐减弱。待到肉体死亡,记忆消散,一切又会回到原点。

她早有觉悟,因此无须回答。

在做下决定的那一刻,她沉入海中让信息进入身体化为实体。隔着透明的海面,她望向那火苗,恍然明白,那便是过去的自己。

11. 他们。

【勿予我爱,勿予我信,予我真实,予我纯真。】

她醒来的时候首先闻到的是一股清甜的茶香,培育槽里混入了茶叶,她爬出来的时候因为看着那小小的叶片出神而差点摔倒。

她很快就学会了走路,但让自己那副急性子放缓,她花了很长时间。有了自己的身体之后即使与思维海洋相连她也只能轻微地感觉到他的存在。但她从未担心过。

她没有去找他,而是到火箭发射场定居下来。无人机械时常会运来火箭与航天器的部件。发射架下的火箭像一株幼苗似的慢慢生长,直到变成一棵参天大树。

在火箭与航天器组装完成的那一天,她在发射场的外围听到了一阵嘈杂的引擎声。无人车的引擎是绝对不会发出那种噪声的。

她转过身,第一次用自己的眼睛看到他。

"你是……在等我吗?"

"不,没有。我在这里很久了。"

看到他笨拙地思考该怎么往下说的时候,她感觉到无数积累的情绪奔涌而来。她露出笑容,眼角却流下眼泪。她无比想让他知道自己的感受,却又背过身去不让他看到一丝一毫。

"我没在等你,不过我们可以一起看火箭发射。"

那一刻,人类重新出现在了地球上。

短刀、水银、东湖镇

梁清散

作者简介

幻想小说作家、科幻文学研究者,多篇作品入选多部科幻精选集。晚清科幻研究论文及中国近代科幻小说书目于《科幻文学论纲》(吴岩著)中出版,《吴趼人〈新石头记〉于〈南方报〉连载情况以及"文明境界"首次出现时间小考》在《清末小说から》发表。已出版长篇小说《新新日报馆:机械崛起》《文学少女侦探》《厨房里的海派少女》。科幻小说《济南的风筝》2019年获全球华语科幻星云奖短篇科幻小说金奖。

方友，仅从姓氏来看就知道，既非苗人亦非侗人。只是一个喜欢穿蓝布蜡染褂子的外人而已，这样的地理位置，照百年来不变的传统，东湖镇该是个苗寨而不是什么镇，但近几十年来什么都变了，就连原本的苗寨里都莫名盖出一座侗人鼓楼来。

寨子变了镇子，侗人、汉人，全都来了，甚至还来了洋人。

洋人，就算这个湖畔山沟里的杂居镇子，信息再闭塞，人们也都或多或少知道了这些人高马大、样貌奇怪的洋人，在山峦之间搭起了桥，通了隆隆怪叫的铁路火车，更知道他们在北面万山那边，弄起了矿场，采着朱砂还有水银。

可那都只是坊间传闻，真真切切看到活的洋人，还都在街道上走来走去，说着聒噪难听的怪话，这还是头一遭。

面对宛如一夜间冒出来的洋人们，就算是自称见过太多大世面的方友，也还是忍不住偷眼看个新鲜。

在人们眼里，方友就是这么一个整日坐在湖边无所事事的家伙。在湖边，甚至连鱼都不钓，唯一嗜好大概只有若无其事走在镇上，四处检查树木的健康状况。哪棵树生了虫，起了病，方友绝对是第一个知道，第一个跑去处理。

"这还是学了满人那一套游手好闲，没干过正经活计。"去过贵阳府的老人，像个族群长老一样评判方友告诫他人。

然而，方友确实不愁吃穿，腰间那把怪模怪样的短刀，就是他打粮食来钱的工具。这把古怪短刀，一定是方友出现在东湖镇之前，在什么地方找师傅打的了，而且是这家伙自己画的图谱，定制打造。

短刀平时插在皮鞘里，方友会把短刀戴在腰后，在他身后就能看到个大概。刀柄尾端有大得有些夸张的刀环，护手像汉人的八卦刀一样有八卦图形。别看是短刀，仅从佩戴在腰间的带子承重情况就可以看出，这把刀的分量相当之重。

刀身实际上更加古怪，方友偶尔会把短刀抽出来擦拭护理一下，他从来没有避讳过旁人，所以只要有足够的好奇心，多少都见过他那把刀的样子。刀身相当宽大厚重，看上去十分适合砍杀，有刀尖，同样可以用来刺敌。刀背更是奇怪，笔直且有狼牙锯齿，布满整个刀背，看起来相当凶恶。在苗寨里，还没有人会在刀背上做锯齿，刀的样子传来传去，最后人们只能是更多猜测，有人说是钳住对方兵刃用，也有人说是为了刺进胸膛再抽出时可以利落地锯开肋骨。不过，到底是怎么使用的，真见过的人，没有能活着回来告诉大家的。

方友却从不露出一点凶残的气息，有事没事就那么游手好闲地坐在什么地方，或是吃吃茶，或是看看景，微微笑着，看淡一切的样子。

又是一阵隆隆声，声音回荡在山间，震得绿油油的湖面兴起浪来。

本来是在湖边发呆的方友，不禁咂了咂舌。一定是又有麻烦事找上门了。

一

仲夏的东湖镇，就算是湖畔，也没有一丝凉风。湖水因为山里的英法水银公司开矿，水质越来越差，已经连绿色都算不上，散发着异味,所有恶臭都来自岸边而非水中。

住在窝棚一样的湖畔破屋里的方友,正受着溽暑和恶臭的双重折磨。才刚清晨,他就已经睡不着,躺在席子上辗转反侧拼命扇着扇子。可惜,他再怎么拼命扇,破屋子里照样潮热难耐,同时蚊群盘旋,赶也赶不干净。

躺在席子上,望着顶棚横梁上的霉斑,方友的扇子突然停了下来。悄无声息,扇子已经换作那柄短刀。不过,这种紧绷的状态仅仅只是一瞬,待到外面脚步声逼近,方友已经放松下来。

外行而已。方友放下短刀,正坐在了破屋席子正中央,拿起了扇子,像模像样又扇了起来。

外面的人十分谨慎,没有直接推门进来,而是站在外面敲了两声门。

想让我喊"请进"不成?方友撇了撇嘴,又像是表演给外面的人看一样,扇起扇子。偏不。

外面的人见无人应答,能听出犹豫了片刻,还是隔着破木板门向屋内喊了一声"方先生"。

汉人?

无论听口音还是口气,都显然是个汉人。近一年,从东南沿海一路跑来贵阳府,再跑到山沟子里来的汉人越来越多,但在东湖镇依旧还是少数,多是些路过借宿落脚一阵,从山里运出些石材木料到内陆做生意的行商过客,在东湖镇只知休息,不闻不问。所以,怎么会有汉人知道方友的住处,还知道他的名字,而且听这口气,显然也是有求于方友,对方友所做的生意知之一二才是。无论如何都觉得不大一般了。

"方先生,请开门,在下有事想与方先生商谈。"

方友咂了一下嘴,把扇子放到了一边,双手扶膝,直接从地上站了起来，嘀咕着"先什么生，恶心"，把破木板门一把拉开。

门口站着的这个汉人的穿着让方友着实吃了一惊，和方才想象的那种穿长衫马甲的汉人完全不同，这个人竟是穿了一身像模像样的西装革履，干干净净，还戴了一顶圆檐帽，若不是看到脑后长长的辫子，都以为是个长得像东方人的洋人了。

"好家伙，你这里三层外三层地穿着，热不热啊。"方友敞着蓝布蜡染褂子，整个胸膛全都露着，上面满是泥乎乎的汗。

"在下刘能，"这个自报姓名叫刘能的汉人，没有理会方友打岔，还递上了一张质地硬邦邦的卡片，"这是在下的名片。"同时，他看到方友屋里满地的死蚊子，皱了皱眉头。

"名片？又是什么鬼名堂……"方友会说汉语，也认识汉字，接过名片瞅了一眼，"英法水银公司，东湖镇区，华经理[①]？"

刘能微微一笑，点点头，说："就是帮助洋人打理一下和咱们大清子民关系，四处走动走动的通事。"

方友捏着名片，若有所思地看着，没有吱声。

"我们久仰方大侠的大名，因此特地前来拜会。"

"直说吧，别拐弯抹角寒碜我。"方友一边说着，一边扇着那张名片赶起蚊子来。

"爽快。"刘能顿了片刻，"那我就开门见山地说了，我们英法水银公司东湖镇区……"

"啰里巴唆的名字，赶紧说正题。"

"我们在此希望能聘请您方大侠做我们公司的保镖。"

"保镖？雇我当你们的保镖？"方友笑了起来。

"如何？"

[①] "华经理"指中国近代史上帮助中国与西方进行双边贸易的买办。——编者注

"你小子查了不少我的底细吧。"

"不敢不敢。"

"那有没有查到,我这个人啊,别的没什么大志向,但只要一做起保镖来,开价可是不含糊。"方友笑得意味深长。

"银圆两元。"刘能伸出两只手指。

方友撇了撇嘴。

"五元。"

方友又撇了撇嘴。

"十元。"刘能已经伸出了双手所有手指,张开两张不大不小、斯斯文文的巴掌在方友面前。

方友伸手把刘能双手都握到了自己手中,再用三根手指轻轻拍了拍刘能的手心。

"三十元?"刘能有点绷不住了。

"你意下如何?"

"嗯……成……"

"是每天哦。"

一直面无表情的刘能,突然"啊"地叫出了声,"别欺人太甚,方大侠。"措辞很严厉,但语气依旧不愠不火。

"哪有哪有,不敢不敢。"

"我们查过方大侠,您并非苗人。"

"这又如何?"

"何必像那些守旧顽固的家伙一样,死守着迂腐不堪的旧理,冥顽不灵。"

"哈哈,你误会了误会了,我是不是苗人,或者说我是什么人,这个跟你们没一星半点的关系。而我也没打算守什么理,我就是想赚钱,怎么了?有什么不对吗?"方友用下巴指了指自己这间湖边破棚子,

"那儿漏雨了，那边啊，发霉了，还有那边，那边，这都要钱，不是吗？小哥你一看也是个生意人，这点道理终究还是该懂的吧。"

"……"

"至少拿出点诚意来啊，我知道你做不了主，赶紧滚回去问问，请示请示再来吧。"

不等刘能回应，方友已经把他随手赶出了屋门，把破木板门一下关上。

算是吃了半个闭门羹，刘能有些自讨没趣一般，也没多停留，直接离开了。

方友坐回屋子中间，叹了口气，一侧身拿起自己那把短刀，像是陪一只小猫玩耍一样，轻轻挠了挠刀柄和护手之间的位置，把它放到了腿上，嘀咕着说："果不其然，风雨将至了。"

随后，方友抑制不住地……露出了笑。

二

"最近我是积了什么福？简直是高朋满座啊。"

方友看着站在门外的代土司的七八个家丁，笑开了花。

现在这些代土司家丁，多是在听代土司儿子的使唤，看来那小子也是要掺和点儿事了不可。

所谓"代土司"，说来话长。原本苗民寨子都是由土司管理，亦有"八寨厅"这样早在雍正年间就被清廷认可的政务机构，分出不少土司管理各寨土务。可是几百年来，多数土司都残暴无道，惹得苗民们屡屡造反，结果就是高压后闹一次，就撤销一次土司制度，过上十来年看平息了再恢复。这个时候的东湖镇，刚好处在没有土司制度的时期，但一个镇子终究不能没有个管事的，结果就会在无土司期间出现了"代土司"这么个不伦不类的职务。

这一代的代土司已经用了汉姓，一家姓沈。沈老头不知是用了什么样的手段，坐上了这样的位置。不过，代土司不像土司有世袭制，所以代土司的儿子沈一毛……多少就有些尴尬了。

沈一毛的这些家丁，穿着统一的黑衣黑裤，只在袖口有牛角的刺绣图案，除了看似领头的一个身材瘦高，多少有些不同以外，其余之人各个膀大腰圆，还都配着一把弯刀。这样一拨人要是走在街上，八里地的老百姓都会赶紧躲得远远的。一下来了七八个到自己家门口，好大的架势，方友不由得都倍感荣幸了。

"少爷请你走一趟。"领头的语气虽然生硬但还算客气。

一共七个，方友迅速数了一下，并看清了他们分别都带了什么兵刃。每个人都配有弯刀不说，其中还有三个带了手弩。

确实有点麻烦了。

方友死死盯着领头的，两个小孩赌气一样相互不甘示弱，好一阵子后，方友才若无其事地笑了笑，说："好吧。"

所有人都松了一口气一样，方才紧张气氛立刻松弛下来。不过，这只是一瞬，随后他们看到准备跟他们走的方友腰后戴着那把古怪的短刀，立刻又重新紧张起来。

"不好意思，"领头的语气还是客客气气的，"宅邸不允许带刀具铁器。"

"呦！居然还有这种规矩？"方友吊高了嗓门说，"我跟你们说啊，我这人有个病，只要和这把短刀一分开，立马就会爆炸。砰的一声！"方友双手向上一扬，做出一个相当夸张的爆炸动作，唬得几个沈家家丁连连后退，"跟洋人们炸山取矿一个样，就问你们怕不怕吧。"

"恕难从命。"不愧是领头的，依旧这么淡定。

话音刚落,方友二话不说,扑通坐到地上,说:"那我可不去了。"

方才还被吓得后退的几个人,一见眼前情况,又都回了胆,有两个还抽出了弯刀,以示恐吓,但立刻就被另外一个看上去明白利害关系的人制止住。

领头的看着坐在地上的方友,皱着眉和另一个最淡定的交头接耳一番,只好屈服一样,向方友点头许可,眼神中满是"下不为例"的警示。

正值傍晚的集市时间,东湖镇的沿湖主干道上沿着一条街的树荫,全是一个紧邻一个小商小贩的摊子。卖布的、卖酒的、卖鸟笼的、卖些不值钱的碎银首饰的、卖米糕面点的、卖油炸小吃的、卖烟卖咸菜的,全是些老百姓们喜闻乐见的小本买卖,不算太宽的街道,已经熙熙攘攘挤满了人。

走到人群中的沈家家丁,各个都戴上一顶竹编笠帽,看上去像是为了掩人耳目隐藏身份,结果适得其反,七个带刀壮汉,还各个戴着一顶意味不明的笠帽,走起路来步步生风,是傻子都能看得出来这是来者不善。七个人盯着方友一行,刚刚到了主干道集市的起始一端,人们就已然习惯成自然地安静下来,默默让开一条贯穿街道的路。

家丁七人在瘦高个的带领下,见势超出预期,纷纷把笠帽的帽檐再往脸前压了压,快步甚至像是小跑一样,向前急行。这样看来,反倒更加可疑了些。而仅有方友优哉游哉地穿过众人两侧排开的狭长甬道。

人们看着这个常年穿着蓝布蜡染褂子的街上名人,跟在七个可疑大汉身后,都忍不住交头接耳议论纷纷起来。虽说猜测千奇百怪各有各的根据,但最终绝大多数人都一致认为,这下方友要栽跟头了。不由得,这些和方友之间几乎没有什么利害关系的人们,开始幸灾乐祸,等着看戏了。

一般来说，土司的宅邸都会建在一个制高点上，在宅邸里就能俯瞰自己掌管的领地，是绝大多数掌权之人的普遍爱好。当然，代土司同样不会例外，虽然他只是一时间的权力临时替代品而已。不过，在东湖镇沈家代土司出现之前，并没有自己直接掌权的土司，当时的土司掌管了十多个寨子，把宅邸建到了最富饶的一个寨子中，东湖镇自然不属于富的那边，也自然没有土司乐意居住于此。因此，现在的代土司宅邸完全是沈家掌管之后兴建而成。

东湖镇不在山中，一马平川，没有什么自然制高点，但那也难不倒沈老头子。没有高地，那就自造一个高地出来。用灰不溜丢、不规则的石块，愣是堆出了好几亩地的高台出来，四五丈高的高台上面，再建起了比昔日土司府衙还要气派的代土司宅邸。

碎石高台天然成了代土司宅邸的围墙，仅在正中开了一道口，里面是石阶楼梯，直通高台之上。通道口，有巨型栅栏门严守，栅栏门一般不会打开，在门的右下角单开一道小门供宅邸日常出入。小门自然比大门更好把守，在小门左右各站了一名和来找方友的七人身材、打扮、佩刀都一模一样的侍卫。黑衣黑裤牛角刺绣，肃杀之气凝聚。

瘦高个率先走到侍卫身边，耳语许久。期间，侍卫还瞥了好几次方友腰后的短刀。再过了几番听不见的沟通，其中一个侍卫转身先进了小门，一溜烟沿着漫长的楼梯上去了。

一把短刀的手续还真是烦琐啊。再看看这个煞有介事的碎石高台，和巨型栅栏门的防御，可真是把自己当正经土司了，亲爱的代土司大人。方友不禁在心中讥笑一番。

又是等了好一阵子，方才那个侍卫终于又跑了回来，气喘吁吁地跟瘦高个点了点头，终于为他们打开了小栅门。不过，七个人还是相当谨慎，前三后四地把方友夹在中间，带上了高台。

高台之上，终于见到了代土司宅邸真容。

气派的牌坊在楼梯尽端，牌坊上也是牛角图腾，似乎沈家相当信奉牛角。在牌坊外，楼梯两侧，各是一排平房，平房面朝外侧山墙挖有高高低低的弓箭射击孔，朝向宅邸一侧才有门窗，显然是防御与兵营共用的房屋。

牌坊内，绕过影壁墙，正见一座四周全是二层小楼的院子，小楼有游廊，院子有假山。穿过第一个院子，后面的建筑更加气派，赫然如宫殿，只是屋顶不敢像皇族皇家那样用歇山顶规格，而是苗族自己的牛角样式屋顶。这样的屋顶和宫殿的建筑本体结合得略有些不伦不类。

大殿是用来住的还是用来办公的，不得而知。如果住，看上去并不舒适；办公呢，又从未见过什么人出入这里，到底能有多少公可以办呢。

疑惑归疑惑，方友只有跟着，再度穿过这个院子，到了最后一个进。院子里有花园有鱼池，有精心的布景，比前面孤零零的假山别致得多，正中央的苗族式小楼，显然正是代土司沈老头的居所，而七人带着方友向西厢房走去，看来沈一毛正是住在这边。

西厢房同样是二层小楼，走到二层，从露在外面的游廊一路走到尽头，七个人六人在门前左右排开，瘦高个敲门后，带方友进到了屋里。

三

苍白消瘦，一身银器，衣服上满是繁复的图案刺绣，颜色好看得没得挑，无论从什么角度来看，这个沈一毛都是一副荒淫无度富家公子的样子。

沈一毛的房间布置得同样过度奢华，摆满了可有可无的银器，夕阳刚好从背面的窗射进来，映在银器堆上，晃得人全身难受。

"来来来，新下来的秃茶，尝个新鲜。"沈一毛率先开口招呼方友。在他和方友之间的几案上，早就摆好了一只茶壶，和两只白得透亮的瓷茶盏。

沈一毛的话语方落，他身边的侍从立刻为两只茶盏都倒上了青绿色的茶。

方友正好口渴，毫不客气，一把抓起茶盏，一口饮尽，根本没咂吧出味来，指着空茶盏，让侍从赶紧再满上一杯。

沈一毛看着，呵呵地笑了一声，也拿起自己那盏，细细抿了一小口，徐徐地说了起来。

"茶农们真是辛苦啊。这么好的秃茶，辛辛苦苦整日照料，长出来一芽一芽地摘，还要在这么热的天，紧挨着火炉子炒，结果呢，才卖这么几个钱，连顿饱饭都吃不起。看在这么好的茶的份儿上，他们就应该有更好的生活。"

"可不是吗。"方友随口应和着，已经喝净了第四盏茶。看到牛饮一般的方友，侍从没好气地又给他满上。

"怎么给客人的茶倒这么满！"沈一毛突然严厉地斥责起侍从，"太不懂规矩了！给我退下去！"

侍从愣了片刻，立即明白过来，赶紧把茶壶放下，退了出去。

"你也出去。"沈一毛对着一直站在方友身边的带刀家丁说。

"可是……少爷……"那个家丁不懂事理地用眼神示意了方友的短刀。

"去去去！给我出去。方大侠这么名震苗乡的人物，还能在这儿把我砍了不成？"

没想到这个小少爷还有那么一点魄力。

家丁紧随侍从出了房间，房间里仅剩两人，和耀眼的银光。

"方大侠，尽情喝吧。"

"又不是酒，没那个必要。"

"说的也是，那么……"沈一毛严肃起来，"听说有个汉人，说是水银公司的通事买办，找过你？"

"这里不是衙门府吧？再说了，这也没犯着谁，小少爷你说是不是。"

"是，也不是。"沈一毛意味深长地笑了一下，"咱们都是东湖镇人，都是同乡，干吗到这裉节上帮衬起外人了。"

"哎哟，合着说这时候我又反倒不算外人了？"

"看你说的，什么话啊。方大侠一直是咱们东湖镇人，哪有过是外人的时候。"

"得了吧，"方友把喝净的茶盏放到桌上，"直接开条件看看吧。"

"爽快。"沈一毛坐直了些说，"我们家历代经商，老爷子他能有现在的家业……不说那些了，就说咱东湖镇吧，明面上是靠茶叶靠黏土，实际呢，百十来年，就一直靠着咱们这里产水银，卖给那些中原人下葬啊、炼丹啊来过活。"

原来沈家在争到代土司之前，一直是在暗地里做水银生意啊。这可比秃茶有味儿多了。那么，在洋人们来之前，怕不是他们还一直在弄着水银。

"洋人来了，他们那些奇技淫巧的玩意儿，放在采水银上还真有点作用。万山那边已经被他们占下来，前两天还跑到咱们眼皮子底下来炸山开洞了，相当深入。"沈一毛拿起手边的银镯子在手里把玩了一下，"给你一队人，赶走那些汉人，直接把英法水银公司接过来。"

方友悠长地"噢"了一声，趁机思索了一下利害。

为何会找上自己，实际上很是明白，当下沈家的代土司身份非常微妙。历年来的代土司死了，他的后代族人都没有可能成为真正土司，农民事态平息之后，真正的土司还是要靠真正的权贵来瓜分，像沈家这种经商暴发户，永远不可能走到这一步。也就是说，在沈老头年事已高的当下，他们多少要开始给自家找后路了。而正好在这节骨眼上，本来是家业重头的水银买卖，一下子被洋人给吃下了，而且作为地头蛇的沈家，竟然一点儿油水都捞不到，跟洋人合作的全都是会外语的汉人，这就更惹火了沈家。那么问题又回到了最初，为什么一定要找上自己来接手这个活儿？显而易见了，一来能打的名声在外，总要有绝对的战斗力在手，特别是洋人还有洋枪这种可怕的武器，二来沈家绝不能露在明面上来争水银矿，必须要有个公认的外人来冲锋陷阵，三来又因为这"外人"二字，到时候只要水银矿接手都办好了，想除掉一个外人，比除掉一个本族人要轻松且干净得多。

"到底怎么样啊？"沈一毛终于露出了富家少爷不耐烦的样子。

"在下不才，不会洋人的洋话，实在干不了这活儿。"这也是实话实说了。

"用不着会洋话啊！抓两个会说的汉人不就结了。主要是不能便宜了外人，水银，就得握在我们自己人手里。"

沈一毛还在说着，结果方友已经撂下一句"对不住了"，转身直接向屋门走去。

"喂！方友！你别不识抬举，你不过就是个收钱卖命的打手，你……"沈一毛急得差点儿把手里的银镯子给扔出去，大喊大叫下，那个瘦高个率先冲了进来，其余家丁随后纷纷拔刀冲入，迅速把方友围住。

方友没有拔刀，只是微微把右手向后背了背，七个人全都不自觉地后退了半步。

沈一毛当然也知道方友的厉害，赶紧喊着七个人退下去，并缓和下来笑吟吟地说："方大侠再考虑考虑，不急的不急的。你们都赶紧给我滚开,别挡着方大侠的路啊。方大侠,请。"

"呵,请。"方友说着,大步流星扬长而去。

四

"三元老爹,有没有冰水喝啊,热死了。"

"出门右转,自己到井里打去。"

"冷漠。"

方友这样说着,但根本没有行动,仍旧坐在那位被称为"三元老爹"的干瘦老头身边,目不转睛地盯着在老爹手里那把自己的短刀。

这位三元老爹,东湖镇有名的铁匠,可以说也是方友在这里少之又少的一位能随便坐下来说得上话的人。或许是因为他是个侗人而非苗人,对方友自然没有那么强的排外情绪,当然真正结缘更是因为方友的短刀。常年来,三元老爹一直尽心尽责地帮方友维护着刀,方友也自然干什么都会想着点老爹,比如说老爹现在戴着的这副目镜,就是前段时间从来的一帮洋商人那弄来的。封闭式镜框,用皮带绑在头上,完全保护住了总要受火炉和铁水熏烤的眼睛。刚拿到目镜时,三元老爹嘴上嫌弃地说着"洋人的破烂玩意不稀罕",如今却喜欢得不得了,据说连睡觉都舍不得摘下来了。

三元老爹拿着短刀看了又看,就像在研究鲁班锁一样,结果把目镜都从眼前摘下来,套在头发稀疏的前额上。

"这家伙像是在闹情绪,闹情绪老朽可管不了。"

"它还能有情绪?"

"嗯……"三元老爹沉吟片刻,"反正哪不对劲,不是修的问题。"

随后,老爹把刀抵还给了方友。

"哪有说不管就不管的道理。"方友嘴上反抗着,但刀已经插回到腰后的刀鞘里。

"挺锋利的,刀刃也没卷,不用磨了,没什么大不了的问题,不影响用。"

"从上次到现在中间都没用过,要是卷了,那才是真有鬼。"

"就你话多。"三元老爹揉着眼睛说,"对了,过来看看老朽的新玩意。"

三元老爹忽然又有了精神,把搭在脖子上的毛巾一揪,胡乱地擦了擦脸上脖子上的汗,迈着老人的步子,离开了火炉,走出红彤彤火光的范围,撩开布帘,去了打铁铺后院。

方友跟了过去,正是一轮圆月照得后院银白,看到老人佝偻着腰站在一座像是铁炉子似的东西旁边。

"这东西叫'锅炉蒸汽机'。"老人拍了拍那个铁疙瘩,"就跟我们的蒸锅一样,里面灌上水,水烧成汽,汽不跑出去,聚多了什么都能推得动。洋人的玩意,聪明啊。老朽跟大小火炉子打了一辈子交道,怎么从来没想到可以这么用。"

看着这台黑黢黢的,像个伸着一根长长胳膊的洗澡桶一样的锅炉蒸汽机,方友本来摆出一副见怪不怪讨人厌的表情,但转念一想,忽然惊讶起来。

"老爹,这玩意儿难道是你自己造的?"

"怎么可能,老朽哪有这体力,叫了我三个徒弟一起弄的。"

"那不还是一样!你这老头未免太……"

"老朽我啊,最近把洋人们那些玩意,能研究到的全都研究了一遍。"

"你竟然会洋文?!"

"呵!你也太抬举老朽我了,都是小梭帮着翻译的。"

不过，此时的方友已经若有所思地走到了锅炉蒸汽机前面，借着月光上上下下每个衔接点每个部件地看，嘀咕着："洋人居然能弄出原理一模一样的东西来……"

"什么？"三元老爹听到了方友嘀咕，不由得问了一声。

"呃，没什么没什么，老爹您是真了不起啊。"

"少跟我这儿假情假意，结果这东西造出来不知道怎么用，说用来磨刀吧，力道啊、角度啊，都不对。"

三元老爹滔滔不绝起来，这是他最爱的领域，有着说不完的话题。不过，他说着说着大概也觉察到自己太投入了，就此打住，沉吟片刻，看了看方友，语重心长起来，说："我说，你啊，什么时候再去看看小梭啊。"

听三元老爹这么一说，方友一下跳叫起来，说："你这老头不是疯了就是打铁打傻了。天底下哪有把自己亲孙女往我这种人身上赶的！"

"你这种人怎么了？不就是穿衣服品位差了点？"三元老爹不依不饶地说，"我看哪，都挺好，我孙女怎么就配不上你了？"

"没有的事，唉，算了，跟你个老头子也说不明白。刀也不给我修，算我白来一趟。"

方友说完，甩手就走。

三元老爹急着向方友喊："最近他们学校附近总有鬼鬼祟祟的汉人出没，小梭要是有个三长两短，就都是你的错！你这辈子都甭来找老朽，老朽发誓永世不给你修刀。"

方友没有回应，已经出了三元铁铺。只是出了铁铺，方友还是直奔小梭的学校而去。

说到底，三元老爹的话，方友还是听进去了，再加上这两天遇见的事，汉人也好洋人也好，水银公司也好代土司公子也好，还有自己的刀说不上来的异常，再想到小梭，似乎都串到了一起，他有些担心起来。

五

先说说刀的问题。

近些天来，方友的短刀都在半夜，特别是所有人都入睡之后，发出"嗡嗡咔咔"的声音。到底是不是刀发出来的声音，实话说方友也并不清楚。每次都是被吵醒，再去找声源，却只能听到破棚屋外面的青蛙乱叫，和一潭死水的微微波浪。再看短刀，安静如磐石。这要是那些附庸风雅的汉人来解释，就是杀人凶器的悲鸣，可是像方友这种只认现实存在的家伙，当然没那种雅兴。可是又如何来解释？要是乐器或木柜，可以说是受潮膨胀，但一把刀，怎么可能变形还发出声音。折腾了几天下来，方友没了办法，只好来求助三元老爹。

到头来，啥也没解决……方友一边赶路一边心里抱怨着。

三元老爹的孙女小梭就读的学校，离东湖镇中心还略有点距离，几乎要到远处的半山腰。学校名字没什么特别，直接叫"东湖中学"，是一位英国传教士不远万里跑到这么个边远山区，自掏腰包建起来的。经历了不少恐怖的教案洗礼之后，东湖中学竟还能屹立不倒，也可见那位传教士的韧性和博爱的精神。幸亏是一所教会中学，使得在这么一个地方，女孩子也能有学可上。

不过，现在……

这何止是有几个鬼鬼祟祟的汉人啊。已经赶到东湖中学的方友，看着眼前的景象，不由得倒吸口气。在东湖中学外面，已经围了一圈的人，全是头顶上盘着辫的汉人，这些家伙全都带着兵器，有刀有棍，个个身着短衫绑腿，打手的样子。在这些打手之中，穿插了三个洋人，洋人个子高出去很多，在人群中相当显眼。三个洋人都背着一柄射程和杀伤力都相当了得的长筒洋枪，分别在几个汉人身边朝着学校内指指点点，像是在部署着什么。在听洋人说话的人中，有一个不是打手打扮，此人穿着西装，像模像样。就算远远望去，也能一眼认出，是那个英法水银公司华经理刘能。

果然是他们……方友没再多想，先是悄悄移步绕到东湖中学背面去看看。

学校背面同样已被包围。

这么大的声势，闹什么呢？

方友躲在阴影里皱着眉头向着学校里望一望，校舍多是平房，但因为是传教士所建，自然有教会的塔楼建筑，高高的塔楼顶的窗里，依稀可以看见那位历经风霜的传教士，正愁眉苦脸、手足无措地往下看着校外的情形。

今晚的月光太亮，根本没有机会潜行进去。方友想着，只好又悄悄退远。

没必要现在发生正面冲突，看现在的情况，他们也才刚刚调兵过来，今晚应该不会……

方友正盘算着接下来怎么办，突然听到塔楼上一声枪响。

划破长空。

沉不住气啊！正打算先退出去打听情况的方友，看了一眼塔楼上伸出的洋枪，咧着嘴皱起眉头。

这声枪响，看似在警示校外的人，适得其反，成了一声号令一般，突然间，校外沸腾起来，所有的汉人打手全都号叫着，有的翻墙有的踹门，霎时间大举杀入。就算是有听到那几个洋人大喊着呵止的洋话，也根本无济于事，整个场面完全失控。塔楼上，急匆匆又是一声枪响，于事无补。

考虑不了太多，方友立刻从阴影里冲出，一把抓住一个打手，又拖回到阴影下。单手锁住他的胳膊，短刀已经架到了他的脖子上。

"为什么要往学校里杀？"方友语气平静。

这人却根本没有回答，试图挣扎，"啊"地大叫了半声，方友毫不犹豫，割断了他的喉咙。

再冲出去，同样的方法，又锁住一个拽回阴影里。

"别耍滑头，"方友让那人看了一眼地上的尸体，"不然同样下场。"

"大侠饶命！"

"说，你们这是在干什么？为什么要往学校里杀？"

"大、大侠……我们也是被雇来的，饶命啊。"

塔楼上的枪声再响，下面的人喊杀的声音更凶了。幸好没听到校外有枪声传出，也没听到除那些打手的叫喊声外的尖叫声或厮杀声。

"快说！"刀刃已经在他喉咙上割出一道血痕。

"洋、洋人们想征用这个学校。"

"征用？学校？干吗用？"

"这……"

方友没有出声，只是把刀刃又向下压了一点点。

"啊！大侠饶命！我都说。洋人们只是想征用这个学校，改成水银开采冶炼专门学校而已啊。"

方友把那人的脑袋向已经开始乱成一团的校门口扭了扭，没有说话，但意思已经传达得非常清楚——只是征用有必要闹成这样？

"我们也不想啊！这学校不也是个洋人在管吗，洋人和洋人沟通，还以为能容易得多。我们头儿的如意算盘啊，全让这学校那个顽固老头给打碎了。结果、结果洋老爷急了，说要来吓唬吓唬那个英国老头，谁知道那倔老头，居然放枪……"

大概情况明白了，想想也是合情合理，水银开采需要大量的劳工，又不可能每开一个新矿就从内地调一批熟练的劳工过来，在当地速成才是节能选择。或许在别的地方，他们会自己买几间破房，搭上围墙，就成了学校。但东湖镇刚好有现成的学校，又是教会学校，不用说校舍了，甚至连师资都七七八八现成就有的，全盘接管，何乐而不为。

"滚吧！"

方友松开了手，那人立刻往外跑。但方友立刻又把他给掳了回来，低声一喝："往哪边滚呢？！"

那人一看，刚才自己提着刀又要往学校方向去，吓得赶紧磕头认错，连滚带爬往方友背后的树林跑掉了。

水银公司的人势不可当，但貌似气势过强，已经在须臾之间占领了东湖中学，学校内外逐渐平静，没了刚才沸腾的杀气。

方才那家伙所言应该不会有什么问题，这样想来，至少今晚还会比较缓和，再加上对手人数众多，还有洋枪，就算现在单枪匹马杀上去，白白送命不说，还会激化矛盾，弄巧成拙。

"回去睡觉，散了散了，不知死活的玩意。"方友嘀咕着，赶着围自己乱转的蚊群，跟好热闹的人群一样，离开了东湖中学。

既然已经到了这个地步，干脆将计就计向前推一把看了。只要这些……别让三元老爹知道就行……

六

假意，一切都只是假意。

第二天一大早，方友就跑去代土司宅邸去搬救兵了。假意搬来的救兵，还冠以美名：东湖治安纠察队。而队长，正是那日去找方友的瘦高个领头。

往东湖中学赶去的路上，方友多少和那个瘦高个搭上了话。瘦高个过于冷漠，但至少告诉了他名字：黄平。但仅此而已，他的苗名为何，并未提及。不过，那也无所谓了，交集皆是从无关紧要的名字开始。

他这次腰后交叉佩戴了双刀,都是苗人的弯刀,再看他急行的身法和在沈家做护卫家丁的位置,就算不说自己的武学流派,也能看出大概正是本地有名的望月刀法的双刀流。恐怕是个一等一的高手,总之应该是比自己这套全靠本能习得的野狐禅刀法强多了。这回能帮上大忙,以后……恐怕是个相当棘手的对手。

黄平带的一队有大概二十人,实际上要比昨晚看到的水银公司的人少了很多。即将发生的冲突,有几分胜算,方友心中当然没个准。

不过……

一队人刚刚抵达东湖中学门口,把守在校门口的水银公司打手就看到了。沈家人黑衣黑裤牛角刺绣实在太容易辨识,也就怪不得水银公司的人见到后立刻叫喊着冲杀过来。

看来他们之间本身就积怨不少啊。还没等方友说上一句半句,他们就已经开战。

真是一群根本不需要推动就能按计划运转起来的家伙。

水银公司的打手也不算弱,各个拿着棍棒刀剑打得像模像样。但黄平只是轻描淡写一般,迈开步子双手一挥,就是倒下两个。割草一样,连兵刃格挡的声音都没有,刀刀入肉,三下两下进了校园。

方友自然没有冲在前面,但黄平的一举一动、一招一式都被他看在了眼里,心里掂量着这样的对手的恐怖。

从校舍里又杀出一群手持朴刀长枪的打手。这些相对于外面只是拿把单刀砍刀的人来说,确实麻烦了一些。不过,因为想近距离研究一下黄平的功夫,方友也不知不觉到了纠察队最前端。

如入无人之境的黄平,看到方友一直只是在刀枪剑影之间散步,连短刀都没拔出来,气得没了一如既往的冷静,喊道:"这么多敌人,你倒是帮点忙啊!"

方友单手捂嘴，像是大吃一惊一样，连连说"是"，"都怪我都怪我疏忽了。在下这就开始帮忙，看我的'摸鱼拳法'。"

一个壮汉正举着朴刀向说着闲话的方友猛砍过来。方友只是一弯腰，把两腿的裤腿向上卷了卷，顺便就躲开了那看似致命的一劈。

"摸鱼就要有摸鱼的样子嘛。"

卷好裤腿的方友，脚步一滑，早就与那壮汉重新保持了安全距离，并向壮汉轻拍双手张开双臂，像是等待他的拥抱。

壮汉如同斗牛场上的公牛，怒火冲天，再次举起朴刀，纵向砍来。刀带着沉重的风声扑向方友，方友却只是轻巧地看准时机向侧面一个滑步，又躲开了劈头盖脸的一下，同时嘴里唱了起来，"一网不捞鱼。"

"够了！"黄平不耐烦地又砍杀了一个人之后喊道。

被吼的方友"哦哦哦"地应着，但就是不拔刀，只是顺势又一扭腰躲开了那壮汉劈来的第三刀，同时弯下腰来，双手向前一抱，正抓到壮汉朴刀挥空收不回来的空当，抱住了他的右腿。

"送你！"方友抱紧壮汉，马步扎稳，腰部一用力，直接把壮汉甩了起来，抛向了黄平。

正巧是黄平刚砍倒一人的空隙，见从天飞来一个手持朴刀的壮汉，皱了皱眉，侧身挑刀，砍开了他的胸膛。

黄平砍完之后，正要再骂点什么解气，突然就听学校的塔楼顶，一声枪响。

"统统住手！"枪声后，塔楼上嘹亮的声音喊道。

应该还是枪响起的作用，就算是黄平的小队，也一下停了下来，纷纷看向塔楼顶。

"代土司派兵来杀我们的人，是不是应该给个说法。"

是刘能的声音。看了看塔楼，他还是装模作样地穿着西装，身边则是一个将长筒洋枪架在窗口的侍从，枪口指向着黄平方友的方向。

"扰乱治安，毁我财物，当诛！"黄平向塔楼喊道。

"诛？"刘能突然笑了起来，"有洋人在，你们也敢诛？"

"在东湖镇，一视同仁。"

"大言不惭！你诛诛看你们沈家主子。"

"强词夺理！"

"开枪！"刘能没再给黄平一点时间，一声令下，窗口的洋枪已然喷出火舌。一名黄平的队员应声倒地。再看刘能，向枪手骂了几句，虽然听不见说些什么，但显然是在骂枪手为什么没有直接击毙领头的黄平。

黄平见自己兄弟被击毙，怒从中来，双刀左右敞开，大吼一声就向塔楼冲去。此时，方友立刻一个跨步，还是刚才的摸鱼拳法，一把抱住了几乎失去理智的黄平的腰，腰背腿齐用力，把黄平甩到了一边，与此同时枪声再鸣，一发子弹击穿了正要同样侧身躲闪的方友的左肩。

"冷静一点！"方友向在空中一个跟头稳稳着陆的黄平吼道。

黄平见方友为了救自己而负伤，多少表现出了歉意。

没有给他们再多喘息的时间，枪声再响，但两名高手早已有所准备，一左一右闪开，子弹打空。在此时，两人不需再多言语，立刻极为默契地向塔楼冲去。

一杆洋枪，对付两名高手，完全无济于事，就在上膛的间歇，两人已经杀出枪所能射击的角度，进了塔楼。

塔楼中倒还有打手把守，但就算方友只有独臂，这些打手也照样挡不住两人。他们不一会儿就杀了个片甲不留，上到塔楼的顶层。

解决了枪手，刘能却早不见踪影。

控制下塔楼，基本等同于夺回了东湖中学。黄平在塔楼上放了一枪，喊了喊话，校园中原本还在厮杀的水银公司打手，便都纷纷缴械投降，不再抵抗。

"你为什么不拔刀？"终于平息后，黄平严肃地问向方友。

"哎呀，校长呢？"

方友打着岔，揪起刚才被制服的枪手，继续拷问。

"看不起我，所以不拔刀？"

已经问出校长被关的地方，方友捂着还在淌血的左肩，回头苦笑地说："哪敢啊！"

"哼，自负自大的家伙，早晚把你砍了。"

"救人要紧……"方友已经走到了顶楼房间的门口。

"喂。"黄平又喊了一声。

方友不得不回头来看，正见黄平丢过来一个小瓶。

"止血散。"

"谢了。"方友接住药瓶，微微笑了一下，出了房间。

七

"小梭……"找到那位学校校长英国老头后，老头便急匆匆用蹩脚的汉语和方友说，"小梭她……"

方友有股不祥的预感。

"那个叫刘能的，很有些手段，他……"校长用着英国老头惯有的慢条斯理语调说着，"他很懂得利用各方利害实现自己的目的。"

"快说！小梭她怎么了？"方友有些焦急。

"来这里之前，刘能已经查清了所有，所以……他当机立断把小梭给……掳走了。"

听到"掳走"二字，方友瞪起双眼，瞪得比自己中弹时还要圆。

"为什么偏偏是小梭！"

方友说出来以后，自己就意识到了原因。大概坏就坏在昨晚放走的那个水银公司的打手上。他必然是向刘能报告了当晚的事情，刘能知道自己掺和进来，便捷足先登地找上了小梭。

"可恶……"方友咬着牙，"掳到哪去了，您可知道？"

"水银公司。刘能是这样告诉我的，让我原封不动转告于你。"

"还有什么别的要转告我的吗？"

"有，叫你明晚七时一人赴约，说是想和你单独谈谈心。"

倒是正合我意，方才不知道情况火急火燎的情绪迅速被压下。

"过来，我给你重新包扎一下。"英国老头虚弱地把方友拉到身边，拆开胡乱裹在他左臂上的破布条，"你们啊，什么都不懂，这么扎血液流通不了，没准一条胳膊都废了。"又取了新布，为他重新包扎，"自以为是。老夫来你们大清国也有三十多年了，什么暴民乱世没见过，你们……"

方友听得不耐烦，见胳膊也包扎好，就像挣脱老爸一样，甩了甩手，说了声"您自己也多保重"，就走了。

校园内，早就恢复平静。沈家的人也好，水银公司的人也罢，都已经撤离。院子里有的只是一片狼藉，没有学生敢出来清理。时间已经近傍晚，东湖镇的夏日阳光一直明媚，校园外蝉鸣起伏，方友在傍晚烈阳下，从尸体和残肢断臂之间徐徐走出，或许因为负伤，多少有些疲惫，身影拖得狭长。

待到方友走回东湖镇中心地段，一轮不太圆的圆月已经挂在天空。东湖镇里和往常别无两样，就像根本没听到过远处山脚下东湖中学的枪声一样。湖边街道还是闹市一般，排满了夜市摊位，叫卖声、杀价声、争吵声萦绕。只是方友缓缓从人群中走过时，多少会引起小范围的骚动，谁也不愿意和这样一个半身血迹浑身臭气的家伙离得太近，避之不及，互相推搡。

沿街继续走，逐渐听到了芦笙的声音，隐隐还有歌舞声。

方友缓缓从熙攘人群中走到了街道中间的那座侗人鼓楼前。

侗人鼓楼实际上非常有特点，木结构塔形建筑，在东湖镇地区的侗人鼓楼都是无封板形式，塔的每一层都只有檐没有封板，就算最底层，也只是六根柱子镂空地支起整座鼓楼。这样的建筑结构，如果在鼓楼底层，敲鼓也好，讲话也罢，声音都能靠通透拢音的结构，扩到全镇都能听到。

侗人们没有在鼓楼内部，而是围在鼓楼一周，吹着苗人的芦笙，跳着苗人的锦鸡舞，却唱着自己的赞歌。

方友走到鼓楼广场边的一个小酒铺，徐徐坐在临街的板凳上，要了一壶糯米酒。

这些侗人，夜夜如此，真是一点不知长进。

只有等了，静静地耐心地等。

月已经爬到鼓楼顶空，这一晚的侗人们终于累了困了口渴了厌倦了，停下了舞步，放下了芦笙，一言不发，分头散了。

侗人们散去，广场也好，街道也罢，全都渐渐静下。方才的夜市早已收摊，就连方友在的小酒铺也都打烊。家家户户上了门板，只有一轮明月照得静寂街道一片霜白。

"好了。"

在高大的鼓楼下面静坐等待这一时刻的方友，站了起来。走到了鼓楼底层，正中央的火塘旁边。仰头看看火塘正对的贯穿整座鼓楼却不落地的雷公柱，就这样开始低声吟唱起语义和音调都意味不明的咒文。方友吟唱得短促有力，而其声音几乎不像人间所有。声音十分低沉，但或多或少已经被鼓楼传送到了整个东湖镇三百户人家的梦境之中。

咒文吟唱完毕，那个火塘发出了只有洋人的蒸汽火车才会有的机械咬合运转声，一道洞口在火塘内缓缓打开。洞内漆黑一片，方友纵身跃入。

朝阳明媚，东湖镇在淡淡雾气中苏醒。

最先出来的，除了那些上田劳作的农户，也就是早餐铺子了。一个生龙活虎的人影，正在赤红的朝阳下，往着自己喜欢的早点摊去了。

吃饱了早点的方友，又叫了一大壶茶，喝了个痛快。

打着饱嗝擦了擦嘴角的油，方友没有去找三元老爹，并不想让老爹空着急，反正事情今晚肯定就能做个了结了，到时候把小梭安全无虞地还给他就好。

虽然东湖镇还没有贵阳府那种大自鸣钟建筑，不能随时知道当下是洋人的几点钟，但怎么说都还离晚上七时远得很。日头还没爬过巳时①。

起得太早，不小心让这一天变得过于漫长。

去不了三元老爹那里，去东湖中学并不是什么明智选择，甚至在大街上走动或许都有所不妥。无论是水银公司的人撞见自己，还是代土司沈家的人撞见，都只能平添不必要的麻烦。回自己那间破屋里躺着？还没到晚上，方友就已经要无聊死了。

干脆……

方友大步走到东湖湖边，沿岸看了看，很快找到一艘小船，干脆到东湖上划划船，度过这漫长的一天算了。

小船是湖边一户的，这户人家本来是渔民，不过近些年东湖里已经没什么可捕的鱼，也就只好弃了渔业，养些斗鸡，开个斗鸡场勉强过活。

方友塞了点钱给小船家，直接跳上了船，检查了一下船的外板是

---

① 巳时指上午9时至11时。——编者注

否完好,就拿起桨划上了湖面。

东湖的湖面在没有炸山的震动时是平静的。平静到桨打到湖水里,都觉得破坏了它的安宁。当然,与其说是"安宁",不如说是"死寂"了。就算英法水银公司还没涉足这里,开采水银的矿场也已经在沈家的掌控下运营了十多年。那种无度无序的开采方式,早就让这潭湖水死透。

连鱼都没有的湖,当然是最安静的。

这个时候,要是有人往东湖上看,大概会觉得新奇,多少年没见过的景象,一叶孤舟,静悄悄远去。

艳阳高照,已过午时①,方友却一点没有避开烈日上岸避暑的打算。只是继续划着小船,向远离东湖镇的山边而去。

对方有枪。

有多少杆枪并不清楚,但他们的枪,无论射程、杀伤还是射速,都远比曾经见过的所有火枪要强了太多。洋人的东西,到头来还是比我们的强。还有三元老爹弄出来的那个锅炉蒸汽机……

如果真要正面冲突,尽可能引到室内为好。至少不会再出现像昨天那种被远程射杀的局面,而且室内空间狭小,找掩蔽物也容易一些,并且更有可能利用两次射击之间的空当,迅速靠近枪手制敌。

不过,再怎么计划,都还是棘手得很,况且他们手中还有小梭这张牌。

方友不由得皱了皱眉,再抬头已然到了东湖的尽头。继续往前,就是湖的源头山涧。山涧两边,一边是郁郁葱葱满是参天大树的丛林,另一边却已经秃了一半,留着被火药炸开的痕迹。而英法水银公司的东湖矿址,便在此。

---

① 午时指11时至13时。——编者注

该上岸了。

有些口渴的方友，缓缓地不让船发出一点声音地靠近了光秃秃的一边。

八

通往英法水银公司有两条路。

一条是自十几年前这座山已经开矿时，为了将炼出来的水银运到贵阳府，转铺出来，先通过东湖镇再去往贵阳府的马路。这条水银之路，虽然上了年头，但当时修建用心，除了两边的杂草丛生，基本上照样能走得了马车驼队。现在洋人来了，照样还一直在沿用该路。

另一条路，估计就连已经开矿的洋人们都未必清楚。

在东湖镇生活了这么久，方友把周遭的情况早就摸了个透，从东湖湖畔通往英法水银公司东湖矿址，有一条小径。或者说，称其为"小径"都有些高抬了。从湖边上岸，要爬到山涧峭壁上，那里有一个溶洞。溶洞不算深，钻过半个山脚就能找洞口出来。出来以后是荆棘杂草，确实难走得很，而且苗人的地方，草丛中毒蛇也好，养的蛊也罢，可以说是危险重重，几乎每一步都是致命的。但所谓致命只是对普通人而言，对于方友来说，这些毒物见了他，只有被致于死地的可能。

不过，方友并不想在此引来太多无谓的麻烦，况且荆棘不致命却很恼人，从而出了溶洞，就地捡起一根长短适中的木棍，拨开荆棘打着草向前走。

走不了多远，还在半山腰上，就已经能看到夹在山间的水银矿。

不得不说洋人确实有一套。这个矿址存在于此有几十年了，但从来没像现在这样有规模，这么……方友想了好久，才终于找到了一个极为前卫的词汇来形容——工业化。

在方友所处的半山腰望去，整个水银矿几乎是一目了然，地形并不复杂。

矿区内是灰砖砌成的冶炼厂房，立着高高的烟囱。厂房的大门同样紧闭，无人出入。厂房边上还有一排简陋平房，大概是供工人夜宿，同样都是门窗紧闭。

矿区一边就依着山了，依山炸开的矿洞，要比以前任何一家掌管此处时都要巨大。洞口有粗犷结实的木架支撑，有洋人铁路一样的轨道从外场直通矿洞内部。外场轨道尽头，停着几辆四轮轨道车，轨道车只有一个装矿石的斗箱。

平日里，大概会有些工人，推着这样的斗车进进出出那个深邃的矿洞。但今天整个矿区，都寂静无人。

这是根本没有工人上工呢？还是专为自己的到来而停工一天呢？

可还真是有点荣幸了……

就在方友无聊地打趣自己的时候，忽然间看到矿洞山上，远远的，在丛林的树梢后面隐约有什么东西。

方友望着远处，心中多少有些不安。那是什么其实多少已经猜到，但还是想确认一下，方友只好离开了现在所在的观察点，重新往山上爬了爬，寻找着能看到那东西面目的角度。

果然……

在方友往山上爬了爬，越过茂密的树梢，终于看到了。正如方友所预料，在丛林里，水银矿洞深处的上方，已经出现了一座侗人鼓楼。

短刀的问题得以解释了，果然这些洋人，用了新的技术，把水银矿挖到了不能碰到的地方，或者说是他们不该去碰，不该知道的地方。而短刀，发出了警示。

幸好没有叫着黄平来帮忙，不然事情会发展得更加棘手。

方友心有余悸地想着自己到底能不能打得过那个双刀黄平，拿着那根木棍拨开着荆棘再次下了山。这一次，是到去现场与刘能会面的时间了。

"方大侠，您可是来得早了点啊。"

方友从正门进水银矿场，迎面正站着那个永远穿着一套西装的刘能。刘能除了脸和辫子还有个头以外，穿着动作甚至连表情都和洋人一模一样，只是那样的洋表情在他的黄脸上出现，只能令人心生厌恶。

刘能轻轻鼓掌，缓步向前，迎接方友。

硕大的矿区，只有夕阳红光，静得连傍晚的鸟叫声都没有了，令人讨厌的气氛。

"我没有那种洋表，谁知道到底是你们的几点钟。"方友的"你们"二字特意加重说出。

刘能远远地上下打量了一下他，笑了笑说："方大侠这是去哪练功了？从镇子到咱们这儿，没有荆棘路吧。"

方友低下头看了看自己心爱的蓝布蜡染裈子，下摆划破了好几道口子，布脱线得厉害，如同下摆有了半扇的流苏，笑嘻嘻地说："啧，可真是麻烦了。在下最近手头紧，没钱买新裈子。刘经理，您说这可如何是好？"

"本来能有钱赚的，还不是你自己不想要？"

"往事别提，在下后悔啊！现在反悔还来得及吗？"

刘能笑脸严肃起来，说："如果方大侠愿意来敝司就职，我们当然是双手赞成，顺便可以给方大侠专门定制一身敝司制服。"

"不行不行！"方友用力摆手，"你们这种衣服，连花纹都没有，谁要穿。"

"那就没办法了。敝司确实还是希望能有方大侠这种大才加盟，只可惜酬劳嘛……"刘能撇着嘴耸着肩，忽然嘿嘿嘿地笑了起来，"其实远比方大侠当初开出的每天三十块银圆还要高呢。"

方友把"哦"的声音拉得很长，同时向前走了几步，刘能警觉地跟着向后退几步，保持着方才的距离。方友把双手插入怀里，一副若无其事的样子，迅速偷眼把几个可能安排枪手的制高点都扫了一下，果然有埋伏。冶炼厂房顶层最左边和中间的窗内各有一个，工人的住宿窝棚顶上也爬上来一个，远处矿洞洞口同样有埋伏。全都是手持洋枪，不好对付。

两人僵持了片刻，刘能微微一笑，率先打破僵局："大侠还是信不过我。那我就直说我们开给大侠的条件吧。小梭，对吧，小梭真的是个好孩子，人又漂亮又聪明，还能说流利的英语，真让我大吃一惊。"

"看来堂堂洋人公司华经理，也喜欢我们家小梭？既然这么喜欢她，不妨叫她出来，咱仨一起谈谈心，岂不快哉。"

"不急，小梭姑娘就在那边工棚里，外面这么热，先让她休息休息。"

是不是在那里还不好说。

夕阳赤红地照在方友背上。方友看到自己的影子拉得足够长了，测算一下，光线角度很好，至少能炫目到一半的枪手，而另一半，只要移动角度好，也能用刺眼的阳光作掩护。或许能有胜算。

"好，先说条件吧。"

"爽快。还是要说小梭那孩子，她天资聪颖，是个人才，只要你愿意为我们英法水银公司效力，我们不仅会放了她，还愿意把她送到我们开设的洋学里去教育培养她。怎么样，能让她近距离、全方位地接触洋人的科学。是不是远比每天三十块的报酬诱人得多？是不是已经动心啦？"

"我看你们只是想换个方式继续软禁她,来控制我。"

"看你说的,怎么这么不通人情。"

"不妨说说看,你们大费周折把我弄来,我这样一介武夫,到底能做什么?"

"方大侠,你可真是装傻好手。"刘能说着,有意地往矿洞内看了看。

想到山上冒出来的那栋侗人鼓楼,看来他们在开矿中真的碰到那家伙了……营救计划恐怕不得不改变一下。

"好吧,我加入。"方友假装波澜不惊地回应了刘能。

九

"小梭在哪儿?"

"别急,既然你已经是我们公司的一员,最好是优先为公司利益着想。"

在没有看到小梭之前,刘能叫出三名枪手一起,和方友走到了矿洞洞口。

三名枪手分别是从冶炼厂房和工人窝棚过来,也就是说,在高点上的射击点都已经撤下,来到自己身边。方友心中一笑,这大概是刘能布局中的致命失误,或者说是他对枪这种洋人的武器太过自信,使得洋枪在他眼里几乎等同于无敌,等同于为所欲为了。

"三把洋枪指着我后脑勺,这也是贵司对待新员工的礼节?"方友不满地说道。

"看你说的,言重了,言重了啊。方大侠也应该知道吧,这水银矿洞里,深处。哦对,水银矿倒是自古有之,在你们这些本地人,苗人也好伺人也好，还是以前土司的奴隶们也好，也是开采了相当多年头了。可直到我们来了，还用上了洋人的那套学问，把这个矿开得比你们一百多年来累积挖出来的还要深，还要远。然后……我们挖到了什么地方，想必方大侠应该比我们还要清楚得多。没有几杆洋枪在手，谁还敢进去。"

"原来你们的如意算盘是这么打的，合着就是叫我一个人进去送死？"

"方大侠进去怎么可能是送死。你左肩的枪伤，只是一晚上就能神奇地愈合，这等神功，怎么可能会有送死一说。"

"疼得要死，哪里愈合！要不要看，伤口都要生蛆了。"

说着方友就要扯开衣襟给刘能看。刘能赶紧摆手，假意害怕不敢细看。

"方大侠真是太爱说笑，天也快黑了，事不宜迟，还是请方大侠先帮我走一趟。"

看来想先见一眼小梭是不太可能了。况且这个刘能狡猾得很，说话深思熟虑，很难再敲打出更多信息，不如转战其他人来打探。

"好好好，我方友说一不二，那就走上一趟看看了。"

刘能微笑着为突然勇敢起来的方友鼓了鼓掌。

"带路吧，三位壮士。"方友回头和三个枪手说道。

三个枪手忽然有些不知所措，或许他们一直以为自己的任务只要拿着洋枪吓唬住敌人即可，完全没想到居然还要再进那个矿洞一次，吓得他们连连后退，甚至连枪口都纷纷偏离了方友的身躯。这样的举动，着实吓到了刘能，刘能绝不允许手下犯出如此错误，立即狂骂了他们几句，递给其中一个人一盏煤油灯，连打带踹，把他们统统轰入了矿洞之中。

四人渐行渐深，再回头，已然看不到洞口皎洁的月光。

"哥儿几个，我说这里面到底有什么鬼怪不成？"

"鬼怪？"负责在方友身后用枪抵着他的枪手没好气地回了一句，"我跟你说，要是鬼怪倒好了！"

"好你个屁啊。"另一个侧翼协助的枪手立即反驳。

现在只有一个沉默不语，看上去还算淡定。

"在下又不懂了，这世上还能有东西比鬼怪还可怕？"

"可怕，当然更可怕了。"

"啊？在下见识短浅，真是无能想象，恳请三位指点迷津。"

"不知道他见没见过洋人的蒸汽火车。"

方友假装满脸疑惑地看着发话的身旁枪手，顺便还看到负责在另一侧提煤油灯照明的枪手，他根本不是淡定，而是早就被吓坏，脸色苍白得就连橙黄色煤油灯光也救不了他。

"乡巴佬怎么可能见过火车？"身后枪手轻蔑地笑了起来。

"那我也不知道该拿什么东西来比较了。反正，"身旁枪手是个大嗓门，说起话来聒噪得很，"反正就是那种只要你见上一眼就能被吓得四肢发软，立马束手就擒。"

"在下没见过什么火车，水车风车倒是见得多些。"

"看，我就说乡巴佬没见过火车吧。"

"那就怪了。"

"有什么怪的？"身旁枪手问道。

"怪就怪在，既然这矿洞里有那么恐怖的东西，为什么你们还要坚持在这里开矿？我看外面那个冶炼厂房和工人窝棚的规模，可是要决心在这里安营扎寨了。"

"废话！"身后枪手迫不及待地骂着接话，"那东西可怕是可怕，但它能直接产水银啊，它流出来的就是……"

身后枪手还没说完，身旁枪手已经发现他太多话，立刻一脚踢中

短刀、水银、东湖镇　057

他小腿，制止了他。

"就你废话多！看好了这家伙，别的不许说了。"

隧道中，只剩下了零乱的脚步声，没了人说话。

这矿洞隧道果然挖得够深，走了有两刻钟的时间，曲折蜿蜒已然走过了不下七八个岔路口。今日水银矿没有开工，自然也没有穿梭的矿工，隧道中没有固定照明，全靠走在最前面的枪手所提的煤油灯。三个浑浑噩噩的枪手每到一个岔路口，都要嘀咕几句，怕走错路。幸好，在岔路口都有他们所认识的标识指示，拿煤油灯照清楚，大概也不会走错。况且，实际上大体的方向，方友早有预想，带路的一直也没有走偏。

"我说，"方友见气氛又冷却得差不多，便再次开口，"你们那些洋老爷们，难道也钻这种黑黢黢的隧道？"

"想得倒美！他们要是钻过，就绝不会再让人再进来了。除非他们心已经黑透。"

"呸！洋人的心都是黑的。"

"所以洋老爷们进来没进来过？"方友趁机追问。

"废话！洋老爷连膝盖都不会弯，他们能跟我们一样猫着腰钻洞吗？长点脑子，死蛮子。"

方友不气不恼嘿嘿地笑着说："我就说啊，在我们东湖镇连一个你们的洋老爷影儿都没见着。"

"就那个穷镇子，洋老爷根本连去都不稀得去。还想请他们来矿上？丢不丢人。"

很好，看来见过下面的人只有刘能这个买办以及他的手下。还有补救的可能。

除了脸色苍白的那位还是提灯走在最前面，另外两个你一言他一语地奚落起方友和东湖镇。

"头说只有这个蛮子能控制得了那怪物,简直可笑。我看头儿就是急疯了,再不出产水银,他估计就等着卷铺盖回家吧。"

"怎么着?他回家了,你补缺?"

"嘿!你别说,我啊还真没准……"

"少他妈的说闲话了!认真走路,前面就到了。"

前面确实就到了,漆黑漫长的隧道终于走到了尽头,在尽头是一道不合时宜的墓穴入口一样的石门。看到那道石门,打灯的枪手把煤油灯塞到了方友手里,举起枪,也站到了他身后,要他拿着灯去开石门。

"你们害怕的怪物就在这石门后面?"

三个枪手纷纷举起洋枪,站在方友身后,不再吭声。

方友到石门前,笑了笑,确实没错,后面啊……

"我说这石门就别费劲打开了。"方友一手扶在石门上,一手提着煤油灯,背着三人说道。

三人还在疑惑方友此言何意,方友却已经有了行动。他双手未动,仅是一声"有劳了",电光火石之间,已经是两人倒地。

这时那个原本就脸色苍白的枪手才发现,方友腰后的短刀,刀柄就像一条蟒蛇,紧紧绞住一个还没有断气的枪手的脖子。被绞住的枪手,只是再挣扎了一瞬,清脆的一声,脖子也已被折断。

脸色苍白的枪手吓得慌忙举枪,但早就错失了射击时机,方友背手抽刀,那刀早已恢复常态,刀刃锋利地架在了自己的脖子上。

"要活命?"方友贴着脸色苍白枪手耳朵问。

枪手快哭出来地微微点头,生怕动作大了喉咙被割断。

"很好,开枪。"

"开、开枪?"

"往那边开几枪,往远处开。"

刀刃已经离开自己的脖子，但枪手根本不敢反抗，只得照做。

"来来来，我给你照着点，别射歪了，撞着石头弹回来，崩着你自己。"

方友故作殷勤地把煤油灯提到枪手眼前。枪手默默举起枪，单肩抵住枪柄，拉栓上弹，扣动扳机。

枪响震耳，响彻隧道。

"好家伙，耳朵差点震聋了。"方友皱着眉头，把煤油灯放到地上，双手捂耳，"赶紧，再放几枪，我不喊停你不许停。"

啪啪啪啪，枪手只好一直放枪，又放了四枪之后，枪声在隧道里回响得分不清哪声是先哪声是后，方友喊了停。

枪手哭丧着脸，把枪放下，一屁股瘫坐到地上。

方友揉着耳朵俯身下来，调了调煤油灯的亮度，顺便问起："你们在这儿有几个人？几个枪手？"

枪手知道不回答不行，回头看看另两具尸体，带着哭腔地说："加上我，还剩五个，都是枪手。"

"都是这种枪？"

"嗯。"

"啧，这枪威力蛮大的。"方友又借着灯光数了数枪手带的子弹数量和地上的弹壳数，"下一个问题，小梭在不在这个矿区里？"

"在。"有气无力地回答。

"具体位置。"

"南边第二间工棚里。"

"很好。"方友赞扬道，"接下来，不好意思，你得受点小罪了。"

话甫落，方友抽刀在枪手胸前背后砍了几刀。枪手满眼愤怒地惨叫起来。

"大老爷们，叫什么叫，砍不死你的，出去以后赶紧敷药，个把月就好了。"方友嗤之以鼻，他把短刀收好，单手一捞，把被砍伤的枪手背了起来，"今天新换的褂子，这下又全是血，洗不掉了。"

路甚至比水银公司的人还要熟，方友背着枪手，沿着错综复杂的矿车轨道，向外走去。

十

因为乱枪响声，洞口的人早就是严阵以待。

所余的四名枪手举着长枪，全都对准着洞中，刘能同样站在洞口，只是在枪手的掩护之下，完全没有暴露在洞前。

脚步声沉重迟缓，慢慢靠近。

枪手们更是紧张不已，甚至连枪都微微颤抖。

但就在身影即将出现之前，听见隧道里熟悉的声音，颤抖着喊："是我。别开枪，别开枪！是自己人。"

刘能眼珠一转，不得已还是让四名枪手都把枪放下了。

借着银白月光，看见了身影。

方友背着那名负伤的枪手，汗流浃背地从矿洞中走了出来。出来以后，立刻把枪手放到了洞边，自己也一屁股坐到了另一头，喘着粗气，抹着汗，没有说话。

"怎么回事？"刘能狠狠地盯着方友。

"还能怎么回事！"方友没好气地说，"还不是你们在洞里养的怪物干的好事！袭击了我们，两个好汉当场就被咬死。"

四名枪手已经围到受伤的枪手身边，帮他止血。

刘能皱着眉头，依旧盯着全身血迹的方友。

忽然，那四名枪手中的一个喊了一声："头儿！"

"怎么？"

"是、是刀伤啊……"

风驰电掣，刘能再回头去看方才的位置，那个气喘吁吁的方友早已不见。

只见方友蹬在矿洞支架立柱，飞扑到对面，丢出短刀。短刀就像刚才一样，立刻伸长刀柄绞住一个枪手。与此同时，方友空中单拳，正中另一个已经抬起枪准备射击的枪手面门。枪手鼻梁粉碎，哀号着倒地。方友顺手夺下长枪，不停歇转身后仰，用刚刚在矿洞中学来的打枪方法，把另一个枪手射飞。

这种枪每次只有一发子弹，方友立即丢掉空枪，向身旁绞死敌人的短刀长尾一握。短刀再次变形，长尾迅速缠绕上方友的右手小臂，再反向上挑，刀环正伸到右手手前。如握手指虎一样顺手，握住刀环，短刀就成了锋利的拳刺。

所剩最后一名枪手，只是看得目瞪口呆之际，自己的枪和脑袋已经就被这把缠绕在方友右臂上的短刀给砍断了。

一直趾高气扬的刘能，眼看转瞬之间自己手下统统阵亡，也保不住体面，连连后退。

"你说说你，"方友一步步靠近刘能，"害得我这两天又开杀戒，真是罪过。"

"你……"刘能向后退着，一屁股坐到了地上。

"要是知道就你们几个人知道那洞里的秘密，我能省多少事。"

"我、我不知道啊！那洞里有什么？我什么都不知道啊！"刘能还在地上向后蹭着。

"你不知道？那为什么要三番五次来找我？真不知道谁才是装傻充愣的好手了。"

刘能哭着，突然大喊了一声"别过来！"喊叫并非警告，刘能已经从怀中掏出了一把短枪，单手可握，指向方友，立即开枪。

方友早有准备，枪响之前已然侧身躲开。然而他根本不知道，这把枪和那些长枪不同，枪的中心有一个转轮，可以六发子弹连射。

躲开首发子弹，确实下意识疏忽大意了。枪竟然可以连射，方友本人也是大吃一惊。刘能坐在地上胡乱射击，再做出应对的方友，已经迟了半步。虽然他单手一抖，短刀就像绳镖一样，直直地飞向刘能，刺穿了他的胸口，但自己的腹部也中了乱枪。

鲜血迸出，转瞬间蓝布褂子已经湿红一片。

方友捂着左腹，痛得脸有些扭曲，呼吸也多少有些不流畅。却还是走到了倒在地上抽搐的刘能身边，尽可能避开疼痛缓慢地弯下腰，单手握住刀柄，用脚踩在刘能胸口，强行笑着说："不好意思，刀背有锯齿，拔出来的时候会有那么一丁点痛苦，但不用担心，很快就不疼了。"

刘能无声地哀号了一下，当场断气。

因为拔刀太过用力，方友的左腹就像个刚凿开的泉眼，血从指缝滚滚而出。

"这下可真是狼狈了。"方友无奈地用手捂住，嘴里念着"小梭"，向南边第二间工棚走去。

工棚的门并没有锁，方友喘着粗气把门撞开。

棚内没有照明，但借着敞开房门投进来的皎洁月光，正可见屋角那名少女。还穿着教会学校校服的少女，被粗鲁地用绳子捆绑，嘴上还缠着布带，而眼神坚韧得让人心疼。

方友在月光下尽量让步伐平稳地走向小梭。缓缓蹲到她身边，少女一点出不了声，看来是布带勒得太紧。但因为腹部中枪出血，现在手并不是特别稳，方友并不敢用他的短刀去割开布带，只好把沾满血的手在衣服上擦了擦，尽可能快且轻地给小梭解开。

布带刚刚松开的一瞬，就听小梭瞪圆了眼睛大喊："你怎么伤得这么重！"

"别乱动，一动就扭成死扣了……"方友缓慢地说。

松绑后的小梭，顾不上自己手腕被勒的疼痛，立刻转身检查方友的伤势，挪开他捂着腹部的手看了一眼，赶紧又把他的手拉回来，用力按了回去。

"别、别这么用力，子弹还在里面，疼啊。"

"真没出息，大男人还嗷嗷喊疼。快说，怎么疗伤？"

"回镇子喝两口糯米酒，立刻就好了。"方友勉强站了起来。

"你别糊弄我，我在学校里学过很多，你这样出血，到不了镇子上就……"

"我命硬得很。"

"你就剩嘴硬了。"小梭气得想捶又不敢捶方友，"我知道你一直有事瞒着我和爷爷。你昨天也中枪了吧？我听他们说了，开枪打中你了，兴奋得他们……但你一晚上就愈合了。"

方友向小梭笑得和蔼："说了，就靠咱镇上松记的糯米酒……"

"少废话！我要你活，赶紧告诉我到底怎么办你才能愈合伤口。你这伤根本撑不到镇上。"

小梭眼睛本来就大，现在瞪得更圆了。

她说的确实没错……方友心中苦笑，再拖下去，大概就要失血昏厥了。

方友还在考虑着如何权衡利害，小梭已经二话不说，架着方友三步两步就出了工棚，把他丢进了最近的一辆正在轨道上的矿车车斗里。

"别跟我废话了，我知道这洞里有能治你伤的什么东西，赶紧给我指路，趁你还没成个死人。"

方友躺在车斗里，听到车尾衔接上压杆动力车的声音。很快，矿车就被吱吱呀呀地推动起来，朝向矿洞中驶去。

这小丫头行动力太强。

十一

实际上并不需要眼睛去看，方友就知道该如何走。不过，为了小梭，他还是勉强爬起来，把车前的煤油灯点亮，同时挨了小梭几句骂，再乖乖坐回到斗里。

东转西转，终于在隧道尽头看到了那扇石门，以及胡乱倒在轨道上的两具尸体。

"到了，就这里。"

小梭已经累得一头汗，盘头散开了一半，刘海也湿透。或许是失血过多，在小梭扶方友出车斗时，方友感到她全身散发的热气，有点让人恋恋不舍，真想好好活下去。

跨过尸体，到了石门前，方友又停了下来，低语道："在这儿就行了。"

"怎么还有力气废话。"

小梭不容分说，已经把方友放到墙角，自己去推那道石门。

"你确定要进去？进去了就没有回头路。"方友有气无力地再次试图阻止小梭。

"你觉得自己推得开这道石门？"

无力反驳。

石门在少女的沉重喘息中，被缓缓地推开了。

门后，豁然开朗。

一间洋人教堂一样宽阔的石室，而且石室亮堂堂的，搞不清到底是什么在照明,像是顶上的石头都会发光。在石室的正中央,便是这里的主人。

看着眼前石室主人的小梭,不知该如何称呼,脑中只有一个词:锅炉蒸汽机。

显然它是活的,不是自己在课本里看到的,或者和前一阵子手把手教爷爷打造的蒸汽机,从气氛上就有着不同的感受。虽然它们互相有着太多类似的地方,都是桶装的锅炉,都是从锅炉伸出蒸汽动力摇臂,但这家伙伸出了八根,而且是从锅炉的下面伸出,顶着锅炉上下无意义地动着。看上去就像一只书本上见到的海洋生物:章鱼。钢铁做的章鱼。相对来说还比较懂蒸汽机原理的小梭,一眼就看出,这个钢铁章鱼的运转能源绝不是通常意义的烧煤,那个锅炉有着其他能源渠道。这就更是奇怪了。

"然后该怎么办?"被震撼到的小梭终于回过神,赶紧问方友。

"没事了,就在这里等一下就好了。"

尚在小梭将信将疑之际,她突然察觉有什么东西成群结队从那钢铁章鱼底下爬来。转眼之间,那些东西已经爬到小梭脚边,吓得她情不自禁地尖叫着,跳着脚逃到了矿车后面。

远远地,借着矿车的车头灯光,终于看清了那些密密麻麻的东西。都是两掌见方的八爪铁疙瘩。它们的爪,和石室里那个钢铁章鱼一样,在意义不明的铁疙瘩下面,机械摇臂的结构,也是钢铁章鱼的翻版。

八爪们移动非常快,转眼间就把瘫坐在石门边的方友围住,小梭只好屏住呼吸地看着,她知道这些八爪是要救方友的。

大概它们是在探测什么,很快八爪们就纷纷散开,只剩一只,在方友枪伤旁边,伸出两只细钳,探到方友的腹部,突然间双钳插进枪眼,粗暴地撕开了伤口。这一下,疼得本来几乎昏厥的方友哀号起来,一点硬汉的样子都没有。

那只八爪根本无视方友的痛苦，只是继续用力把伤口撕得更大。就在远远看着的小梭几乎要冲上去踢开那只八爪时，正见八爪双钳左右撑开伤口，又探出一只细钳，直接从伤口插入方友腹部，随后捏出一颗弹头。

扔掉弹头，撑开伤口的双钳也松开了，八爪抖动了一下身体，从铁疙瘩中喷出一股银色液体。银色液体看上去非常沉，如金属一般，灌进方友体内。

是……水银？

见八爪离开了方友身边，小梭立刻冲过去看情况。

只见半躺着的方友，脸上全是豆大的汗。再看他腹部的伤口，已经被水银填满，还隐隐从内到外地冒着气泡。在东湖中学，小梭学过关于水银的化学知识，知道这种被命名为汞的液态金属，对人体的危害极大。看到水银缓慢渗入方友体内，小梭急得已经哭了出来。

可是……

"我可是头一次见你哭。"

那个已经虚弱快要昏厥的方友，不仅突然笑吟吟恢复了往常没正形的嘴脸，还一翻身动作敏捷地蹲在了小梭身边。

"就、就好了？"还在抽泣的小梭微微抬起头看。

"好什么。真要疼死我了。洋人的玩意儿真不是什么好东西，两天挨了两下，真要了我的亲命了。"

"真的就好了？"小梭还是不敢相信。

"这么不放心，要不要看看？"

小梭扭过去了脸。

"得了，既然你都一意孤行地要到这儿来，还是得跟我进来，打声招呼，交代报告一下。"

"报告？"

"别担心，实际上它啊，"方友已经汗珠擦净精神抖擞，用眼神示意了一下石室里的钢铁章鱼，"并不会伤人，或者说呢，它根本对人没兴趣，可有可无。"

"它到底是什么？"还没进到石门里，小梭终于忍不住还是问出了口。

"这就说来话长了。"

"必须说。"小梭站在石门外，非常坚定。

"好好好，我给你从盘古开天地说起，好不好？"

"行了，正经点。"小梭瞪了方友一眼，但方友没有理会。

"好吧，我也不信。谁知道它从哪来，但反正呢……"

方友没有继续说下去。

小梭等了好一会儿，心中有点焦急，小声问："你刚才说见到它就没有回头路了，又说它不会伤人，这岂不是自相矛盾。"

"不伤人是真的，你看它伤过谁？要是伤人，水银公司的那些人早就完了。没有回头路也不假，因为……你见到了一些真相。"

"真相？"小梭越发不懂了。

"东湖镇的真相。"方友停顿了片刻，"算了，既然都走到这一步，干脆全告诉你吧，我所知道的这一丁点真相。"

小梭咬着嘴唇点点头。

"不用这么严肃啦。其实呢，东湖镇的树啊草啊，嗯……更主要的是绝大多数房屋了，还有少部分人……都是它长出来的。"

"长出来的？什么意思？"

"大概不是能拿洋人那套什么科学来解释的东西，反正它天生就是这副模样，没有我们活生生的肉，但也得像你和三元老爹弄出来的蒸汽机一样有东西烧，才能维持运转。说得有点怪，其实它的运转就跟洋人们弄出来的所谓的机械一样，但它的机械运转呢，就等于它的生命运转，跟咱们人吃喝拉撒睡不停运转一个原理。它有没有煤都可以烧，就自己长出一堆屋子，再长出一些有血有肉的人来，帮它用其他方式获得和烧煤一样效果的运转动力。"

"所以……"小梭不知接下来该从何问起。

"别瞎研究了，你想不透它的。自古以来，它就在这里存在着了，它有它自己的一套生存方法。哦，对了，唯一值得一提的是，咱们这里绝大多数的侗人鼓楼，都是它直接长出来，作为和外界联系的直接通道。"

"所以……"小梭还是刚才的样子，"所以你是……什么？"

"哈哈哈！原来你在意的是这个啊。我呢，谁知道啊，说真的，现在也没谁能弄得清自己是不是它长出来的人，还是别的什么人。只不过呢，我比较幸运，它每到星辰以某种特定的次序排列时，都会选出一个人来成为它对外界的，嗯……对，就跟刘能那家伙一样，我是它对外界的买办，处理那么多无法直接沟通的事情。这事烦琐得很，不过顺便，我也得到了些好处，什么好处，刚才你也亲眼见到了。"

小梭皱着眉头。

"还有另外的馈赠，就是我这把……"

方友才说一半，突然一把搂住了小梭，小梭惊异地看向方友，自己却已经被掳进石门内侧。

"有人！"方友用极低的声音跟小梭说。

十二

"是我的失误，咱们可能早就被跟踪了。是我在车斗里时没察觉到。"两人躲在石门侧面，方友低语道。

不过，也只是一瞬之后，方友听了听外面隧道里的声音，主要是脚步声，只得叹了口气，不用那么低的声音和小梭说："算了，躲也没用了，你到它后面去，接下来的事，我来处理就好。"

方友一把就将小梭推向了钢铁章鱼那边，小梭知道如果有危险，自己可能更会成为方友的累赘，不如全权交给方友处理为好，就自觉地跑到了钢铁章鱼的后面。数十只八爪也跟了过去，看上去是去保护小梭。

看小梭藏好，方友才整理了一下全是血迹的褂子，直面隧道。

隧道中，在矿车车头昏黄的煤油灯前，站着那个一直隐匿着方才现身的人。即使他因背光而变得剪影一样，但还是一眼就能认出，正是黄平。

方友还没开口询问，黄平已然抽出了他的双刀，一个箭步杀了过来。

黄平的速度太快，双刀又相当凶猛。方友才抽出短刀，短刀缠绕在右手上，黄平的双刀就已砍到面前。

来不及做好卸力，勉强格开，方友已经被震到了石室中间，后背紧贴钢铁章鱼的一条腿上。

"少爷有令，收回矿场，清理现场闲杂人等。"

"不好意思，这可不行。"

两人只是一句话的交锋，就又互相砍在了一起。

虽然方友战斗本能极强，每一招式都能在最极限的情况下化解掉，但他负伤失血，体力本就不支，出刀早就没了章法，无论是砍、抹、挑、劈，都根本碰不到黄平。黄平的双刀快如闪电，步法又灵动多变，步步紧逼之下，不到二十招，方友已经只能招架，连连后退。

终于，黄平左手出刀虚晃，骗开方友单刀，右手迅速砍下，直接砍开了方友的胸口。被砍中的方友向后大退一步，躲在远处的小梭深吸一口气，没敢叫出声。而同时，她也看到有十来只八爪已经冲了上去，左右散开，齐刷刷向方友胸口喷出水银柱。

新伤立刻愈合。

"妈呀，水银都喷我鼻子里了。"方友咳了两声，嘀咕抱怨着。

看到此景的黄平还是愣了片刻，失去了补上他认为的致命一刀的机会。不过，黄平不愧是顶级的刀客，即使错失一次机会，他也早因这一次的得手，读懂了对手所有的破绽。接下来，他是一刀又一刀地砍中方友。然而，那些八爪如训练有素般，一次又一次地在第一时间把方友的伤口愈合。

到此阶段，方友也不去躲闪，直接硬吃着黄平的快刀，抓住空当抬脚把他踢远。

终于拉开了距离，方友故技重施，右手一抖，缠在小臂上的短刀，如子弹一般飞出。

但是这次飞刀轨迹太偏，根本就不是朝向黄平飞去，直接朝着他左边空气飞去。

本来是出以奇招，结果机会没有把握，彻底打偏，黄平也只好无奈地撇撇嘴，架起双刀准备再度快攻靠近。

而就在短刀即将飞过黄平之际，方友突然一个微笑。

那刀背上的锯齿，突然间打开阀门一般，连排喷出一股蒸汽。就在黄平左侧，近在咫尺，短刀飞行线路骤然一变，直直地砍向黄平。

黄平反应快到恐怖，如此近的变招，他居然还是反应过来，反手用单刀去格掉了致命角度。但变向飞刀终究过于突然，力道也是十足，即便格到，还是砍在了黄平肩上。这是今晚黄平第一次挂彩。

砍到黄平，飞刀立刻被方友收回，重新缠绕在小臂。黄平不给方友再多喘息，单手再度砍来。

只剩单手单刀的黄平，可以无限愈合的方友多少能应付得了。结果是，谁也占不到谁哪怕一丁点的便宜，互相砍来砍去，无休无止。

"别打了！"终于还是方友率先喊了一句。

知道已经无法战胜方友的黄平，也只好后退一步，到了相对安全的距离后，停了手。

"这样就对了。说实话，我就算没受过伤，估计也砍不过你。但不巧的是，咱们如此酣畅淋漓的对决，却在这里。有这些小家伙们在，你永远赢不了我，最后只能把自己累死。"

停下来后开始喘着粗气的黄平没有理碎碎念的方友。

"你连喘气都不露破绽的吗？做人也太严谨小心了点吧。"

"我看你，还是活得腻歪。"黄平没好气地说。

"我是早就活腻了，可怎么也死不了。"方友皱着眉，"真愁人。"

"你们别再打不动就斗嘴了吧。"小梭从钢铁章鱼后面走了出来，"就不能用剩下这点体力好好想想怎么和解吗？"

"和解不了，有少爷的命令在。"黄平也有点无奈。

"少爷长少爷短的……你们那个少爷想要什么，尽人皆知。"

"啊？"方、黄二人异口同声。

"一个代土司的儿子，得不到权力的；钱财，洋人来了，显然也只能分得一小部分的盈余。"

"所以他想怎样？"

"当然是想要前所未有的新秩序喽，显而易见的事，你们怎么都看不懂。"

"可是这新秩序，谈何容易。"黄平恢复了一本正经的样子。

"当然不容易，但至少不是杀几个人灭口就能实现。"

"那怎么办？"

"当然是走新学路子。把现有的银子，在东湖镇开学校，办工厂，建实业，那时候就不是争这一个让洋人开得更深的矿的问题，而是用实力把洋人挤走。那样得到的不是压制性的权力，而是人心。"

小梭的眼神认真极了，大概这种认真也感染到了黄平。黄平他连连点头，像是认可了一切。

方友掐准时机，从怀里掏出个小瓶，丢给了黄平。

"止血散。拿去，不谢。"

"本来就是我的。"黄平接过那瓶止血散看了看，嫌弃地把上面的血渍擦了又擦。

在刀伤上敷了药之后，黄平站起身来，又看了看那座钢铁章鱼，就像什么都没看到过一样，没有说什么告辞的言语，转头就离开了石室，消失在了漆黑的隧道中。

"可也算是个怪人了。"方友嘀咕着。

"不怪，只是太单纯。"小梭笑着，笑得可爱又复杂。

尾声

没有什么可担心的。黄平必然不会把钢铁章鱼和方友的秘密说出去，特别是告诉他的那位沈家少爷。他有他的忠诚，也有他的原则。

到底最后黄平有没有把小梭编出来的那些想法转告给沈一毛，不得而知。而方友自然也不会在意，他也同样有自己要做的事。

买了新的蓝布蜡染褂子，自认为体面地打扮了一番，长途跋涉，来到贵阳府，方友敲开了英法水银公司的办公室大门。

虽说他并不会说英语更不会说法语，但能翻译的人，水银公司也必是绰绰有余。当初刘能来请，看得出是有真心，所以在英法水银公司，他们必然是互相知会过，就算是顶头的洋人，至少也是知道有方友这么一号人了。

有人好办事。

见了洋人，方友开门见山，递上投名状，愿意接东湖镇水银矿的当地买办一职。

刘能的死，洋人们当然不知道也不关心是何人所为，再加上当初刘能的引荐，以及非当地人全都惨死东湖镇的事实，洋人们自然不想冒险更不想蹚浑水，有人愿意接管，自然是求之不得。双方一拍即合，立即成交。

得到东湖镇水银矿买办兼管事一职，自然是不知道该如何与小梭交代。干脆再次消失，不要因为自己而影响了她尚能维持的平静生活。

而自己？

反正从一开始就未受人待见过，不怕多此一桩。水银矿绝不能让洋人直接掌管，交还给沈家自然也不可能。况且洋人已经来了，再想回到从前，更是痴人说梦、自欺欺人。小梭说的新秩序能不能实现尚属未知，当务之急只能是在已经失衡的局面中找到新的平衡点。

想了想，这样新的平衡，未免不是新秩序的开端。

倒也不算坏，不算太坏……

"我不入地狱，谁入地狱。"

方友呵呵笑着，又跳上了小船，漂在东湖上，去了湖的尽头。

遥远的终结

昼温

作者简介

科幻作家,翻译双硕士。作品发表在《三联生活周刊》《青年文学》《智族GQ》和"不存在科幻"等平台。

《沉默的音节》于2018年5月获得首届中国科幻读者选择奖(引力奖)最佳短篇小说奖,日文版收录于立原透耶主编的《时间之梯 中华SF杰作选》。2019年凭借《偷走人生的少女》获得乔治·马丁创办的地球人奖。两次入选中国科幻年选。著有长篇《致命失言》。

零

  人生的无奈在于，有些问题没有答案。有人终身被死亡的阴影笼罩，有人囿于求而不得的爱情，有人惶惶一生，摸不到理想的边际。对于我来说，"距离"二字才是这世上最难破解的谜题。

一

  第一次坐火车时我才三岁，刚刚能被带出门远行的年纪。
  母亲背着我，被人群裹挟着向火车走去。
  挥之不去的嘈杂吓坏了我。我放声哭着，母亲却只顾往前走，没有像往常一样把我放下来轻声细语地安抚。
  我小腿乱蹬，手臂也胡乱挥舞着，一把扯下了母亲脖子上的项链。
  断了线的珍珠一颗一颗从半空中滑落，还未落向地面就已像露珠一般消失在了摩肩接踵的人流中。
  后来我才知道，那是父亲送给母亲唯一的礼物。但是，那天母亲为了赶上火车，头都没有回。
  千千万万次，那串断掉的珍珠项链出现在我的梦里。
  我梦到它们落在空无一人的月台上，一次又一次高高弹起，每一次撞击都伴随着余音难消的巨大钟声。

我在梦里远远看着，旁边坐着一个哭闹不止的孩子。

从那以后，我更加惧怕旅行了。惧怕近在咫尺的陌生人，惧怕绿皮火车仿佛永无休止的颠簸。

而每次旅行的终点，则是另一个陌生人。

"叫爸爸，快，叫爸爸。"

母亲越往前推，我就越往后躲。

眼前高大的男人也有些不知所措。他保持着半蹲的姿势，伸开的双手僵在半空。

我不知道为什么要叫这个人"爸爸"。

不对，真正的"爸爸"不是这样。

别的小朋友告诉过我，"爸爸"应该在每天晚上给我讲一个又一个有趣的故事，"爸爸"应该守在幼儿园门口接我，"爸爸"应该在我们母女俩受苦受难的时候挺身而出。

可是眼前这个男人呢？为了见他，母亲要多干很多活去给一次次痛苦的旅行挣路费，逢年过节时母亲却只能独自流泪。

更让我想不明白的是，为什么每次都要带上我？

长大一点之后，我有时会想：没有感情基础的亲人，还算是亲人吗？未曾参与我的成长，又何以担起父亲的名号？

二

在飞机上看，云雾缭绕的山岭间藏着条条闪光的缎带，那是反射着阳光的道路。

每见此景，我都能感受到这片博大土地对便捷交通的渴望。高铁奋力将触手伸向每一个方向，机场像蘑菇一样在每一个角落冒出，青藏高原的"天路"上，每一公里都有血肉的献祭。只可惜，与可以通过网络瞬间传输的信息相比，承载血肉之躯的交通工具依然如崇山峻岭之中蠕动的小虫，落后而缓慢。巨人需要遍及全身的血脉，需要反应迅速的神经。也许它也会像我一样思考，如果有一天距离失去了意义，这个世界该多美好……

若不是去见他的路如此遥远，我的童年就不会那么痛苦，母亲也不会……

想到母亲，我深深叹了口气。如果不是她，我断然不会重回贵州，重回过去和所谓的父亲相见的地方。

我对父亲的了解有限，在记忆里，他的面容都是模糊的。飞机开始下降，越来越接近那片真正与他相连的土地，那些信息的碎片也浮出了脑海。

大学毕业后，父亲被分到了贵州扬武乡的矿场任职。那里有着丰富的矿藏，当年最有名的金汞矿甚至被称为扬武"小香港"。不过，父亲工作的稀有金属矿则更加隐秘，藏在大山深处。那里太偏僻了，似乎有什么秘密要隐藏。没有信号，不通网络，所有职工放假的机会更是寥寥。我不明白父亲为什么要选择这里。什么责任这么重大，要他放弃家庭的责任，放弃人生的欢愉，以至于把命都搭上？

十年前，矿场发生了一起事故，能得到的消息只有一百多名员工全部失踪。上面迟迟不给说法，于是母亲牵头，和悲痛的妻眷父母们组成了家属委员会。那时我已经在外住校读书了，每次假期回家，屋子里都挤满了哭哭啼啼的女人和老人，实在令人头疼，后来干脆就不回来了。

母亲身体本来就不好，父亲失踪后更是备受打击，再加上处理这些劳心费力的事，很快一病不起。恰在这时，上面做出决定，给了家属委员会一个去失踪地现场查看的机会。

"安安,这个名额是给咱们家的,你去吧。"

"妈,你知道我对他没什么感情,我……"

"安安,听话,他毕竟是你的父亲啊。"

他可曾履行过父亲的责任吗?

看着母亲的病容,我把话咽了回去。

"这个名额很难得的,又要政审,又要签保证材料。其实我知道自己的身体,当初申请就是想让你去。"母亲轻抚着我的脸颊,眼里满是爱意。

"我一直觉得,你和他有着很奇妙的联系。不知道你还记不记得,十年前的一个午后,咱娘俩在不同的房间午睡,你突然推门进来,揉着眼睛说自己看见了爸爸。"

"怎么可能……"

"真的,之前你从来不在家里提他的。我还没细问,你又打着哈欠要睡过去了。我觉得你可能梦到了他。多巧啊,那天就是他失踪的日子。"

我没有说话,心想这大概是母亲的一个梦吧。

"对了,你知道吗,你和他的相似之处比你想象的要多。"

"我不信。"

"当年报志愿没有管你,自己决定学物理的对吧?"

"是。"

"你爸爸也是物理学出身呢。"

我很诧异。我一直以为他只是个电工。不过,学物理的在矿场做什么呢?

"物理学哪个方向?"

"粒子物理。"看到我的表情,母亲笑了,"和你一样哦。"

真正出发之前,我才知道这背后另有隐情。上面拒绝了所有家属前往矿场的请求,直到我的资料被递了上去。那些人想了、念了自己的至亲整整十年,至今还在坚持要讨个说法,对独独让我前往颇为不满。我也无法理解他们——距离的遥远不能淡化伤口,时间的漫长也不足以抚平心情吗?

"等你去了,你就会理解了。"

母亲病得太重了,临行的拥抱也是那么无力。她的脸颊两侧都凹陷了下去,瘦骨嶙峋的样子再也背不起一个二十斤的孩子。只有她的眼睛还是亮的,从医院的病榻上望着我,从绵延万里的云海中望着我。我在失重中闭上双眸,还能看见她的眼睛。

飞机落地了。

三

离开贵阳机场,又坐了两个多小时的大巴,我终于在凌晨到达了扬武乡。虽说儿时多次来过,但我从未好好看一眼这里。那时我花了所有的精力抵抗晕车的痛苦、跟母亲生气、一路哇哇大哭,记忆中没留下一点儿东西。从某种意义上来说,我并未真正来过。

想到接下来还要赶半天山路,我心中的烦躁有增无减。拿着介绍信和一张贴满防伪标志的车票,我花了好长时间才找到去山里的班车。

不过,这怎么看都不像一辆要在盘山小路上跋涉的车。它太大了,比一般的公交车都大,里面塞满了瓜果蔬菜,还有各式各样的鲜花。剩下的座位上有几个当地人,都抱着大大的零食袋子。还有一个男人占据了最后一排全部的座位,黑色棒球帽压得很低,好像在睡觉。颠簸的山路上,这可不算什么安全的姿势。不过这里似乎也没有人系安全带。我没办法，只能在前排把东西拢一拢，给自己腾出一点地方坐。

出发之后，几个苗族小姑娘开心地唱起了歌，一脸即将到家的兴奋。我有点困惑，毕竟从这里到他们那个深藏在大山里的村庄至少要五小时的车程，还全是崎岖的山路。我要去的矿场也在村庄附近。他们现在精神这么好，怕不是一会儿都要睡倒在车上吧！

事情并没有像我想的那样发展。身后的两个小姑娘一直在嘀嘀咕咕，互相推搡着想要和我搭讪。我有些尴尬，只能装作没听见。又过了一会儿，一个看起来比较有勇气的姑娘坐到了我身边。她个子不高，脸白白的，戴着可爱的猫头鹰耳饰，上面还有两枚珍珠。

"你，你好。我叫杨敏，你是来参观我们村的吗？还是来看大泡的？"

"你好。我只是去矿场看看。什么大泡？"

杨敏露出惊异的表情，又立刻掩饰住了。我听到后面的姑娘在小声嘀咕："她不知道！"

"没有没有，请问怎么称呼你呀？"

"我叫安玉瑶，叫我玉瑶就行。"

"安？你说你要去矿场……那你认识安麟老师吗？"

"我……我是他的女儿。"

杨敏又露出了那种表情，这次没有掩饰。

"安、安工的女儿？我能告诉其他人吗？"

见我点了点头，笑容像越过山峰的阳光一样在她眼中绽开了。

"喂！大家伙儿！安工的女儿来了！"

话音刚落，除了躺在最后排睡觉的那位，全车人都放下手里的饮料零食，围到了我身边。我紧张地朝窗外看，幸好还没上盘山公路。

"哎呀，多亏你爸爸，我们向羽村才能发展这么好。"

"就是，不然肥料和建材运不进来，稻米和茶叶也运不出去……"

"打住打住,她还不知道……"

我听得云里雾里。父亲在这里究竟是做什么的?搞研究?挖矿?还是……修路?

还没来得及细问,大客车突然停了。站着的人都一个趔趄,我忙扶住一位差点跌倒的苗族姑娘。

"怎么了?"

我有点惊慌,难道前路出了什么问题吗?

苗族姑娘看到我的表情,又咯咯地笑起来。

"姐姐别怕,我们到站了。"

四

到站了?开玩笑吧,这才行驶了不到十分钟,难道搭错了车?

姑娘们抱着鲜花零食,蹦蹦跳跳下了车。我也跟了下来,发现自己站在半山腰的一块空地上。

一阵清风裹着好闻的气味吹来,眼前的景色让我愣在了原地。

苍黛的山峦环抱着一块谷地,满目都是层层叠叠的绿色。山坡缓缓倾泻进谷底,任由淡色的梯田在它们身上画出道道密集的等高线。树木繁茂,花草长得半人高。雾气低低地压在四周的山顶,远处横着一道翻滚而来的乌云。点缀在田园风光之中的,是一栋栋极富设计感的现代建筑,医院、学校、住宅、超市,应有尽有。我还看见了一家花店,大概就是杨姑娘家开的。哦,这个小小的地方还有一家工厂,在山谷的另一头,能看见两个高高的石烟囱在各种各样的绿色里伸出来,十分显眼。

这就是向羽村吧?可是,怎么会这么快就到了呢?

我猛地回头,竟没有找到来时的公路。大客车的后面,只有长满绿植的山体静静拦着我的视线。

我在做梦吗？还是在路上睡着了？这不科学，这……

车上的人几乎都下来了，那个躺在后面的男子才慢悠悠走下来。我注意到他年纪不大，不过个子很高，怪不得刚才睡觉时能把整个后排占满。他的装束和其他人不太一样，只是特别简单的黑色T恤和牛仔短裤。没有背包，但胸前挂着一个单反相机。

他在车前停下，面向山谷伸了个大大的懒腰。接着，好像和我一样被这美景震撼了，他愣了几秒，举起相机开始拍照。

附近只有他一个人了，我想了想，上前拍了一下他的肩膀。

没想到，他举着相机一起回过头，对着我就是咔嚓一声。

"喂！"

"不好意思啊。"少年嘴里道着歉，眼睛却忙着看取景框里的照片。我也凑上去看，是自己略带茫然的一张脸。山风吹得发丝乱飞，刘海儿也没了之前的形状。

"安玉瑶是吧，我是罗凯，搞摄影的，叫我小罗就行。"

他向我伸出手来，丝毫不为自己的刚才装睡行为感到尴尬。

我礼貌性地握了一下，问他知不知道这是怎么回事。

"什么怎么回事？啊，你是安工的女儿，他没有告诉你？"

我摇摇头。

小罗带我走向山壁，把一枚石子丢过去。我眼睁睁看着它消失了。

"这……"

"这是谁干的？"

听到第三人的声音，我吓了一跳：只见一个大叔模样的男子捂着额头，从石壁里凭空现身。

五

来人自称赵叔，是父亲当年的同事，也是负责接待我的人。在他的介绍下，我终于知道自己面前正是世界上第一个超距传输站点。

"这个村庄已经封闭百年，是你的父亲为它开了一扇门。"

眼前平平无奇的石壁，竟隐藏着一个奇异的空间。我敬畏地望着它，那辆来时的客车闪过脑海。满车的鲜花水果，人们轻松的模样，苗族姑娘欢快地唱歌。在偌大的中国，多少农村因为一条柏油马路打开了致富的通道，多少山区因为细长蜿蜒的盘山公路走出了贫困的怪圈。距离是这个世界上最坚固的屏障，越过它的代价就是消耗最为宝贵的时间。

路，只有路才能打破它：土路、马路、铁道、河道，还有空中和海面的航线。但有了超距传输技术，所有的屏障都分崩离析了。难怪他们如此爱戴我父亲，他凭空在大山之中修了一条完美的道路啊！

不过，一丝疑虑骤然升起：这样造福人类的技术为何只在扬武一地使用？当年的事故又是怎么回事？还有更重要的是，这里的超距传输究竟是怎么实现的？

我问赵叔，他也只是摇头。

"当年的小分队几乎全军覆没，资料也残缺不全。当时我还年轻，处在团队的边缘，除了恐惧也没留下什么记忆。那场事故过后，整个矿场都被上面封闭了，只留下了这个连接向羽村内外的通道。新的研究小队来到这里后对它进行了为期两年的观察研究，虽然还不清楚原理，不过运输能力表现得十分稳定。上面为了向羽村的发展，同意开放使用，但对它的存在严格保密。"赵叔顿了顿，"村民都说，是你父亲向山神献祭了自己，才有了这个好比神迹的'空间泡'。"

神迹？这个世界上怎么会有神迹。大脑中属于物理学的部分飞速运转，我要揭开这个谜。

"研究了这么多年，有什么进展吗？"

赵叔摇摇头。"没什么特别的。想要搞清楚真相，必须重回矿场。只是……"

"只是什么？"

"你父亲失踪之前发出过警告，要求所有人不得再次接近矿场。鉴于那场事故实在太恐怖，上面也一直封着。不过前段时间下了几场大雨，通道变得不太稳定，上面才决定……决定派几个人再去看看。"

"这就是只允许我作为家属过来看的原因吗？"

赵叔点点头。

"你的身份……以及专业背景都很重要。"

专业背景？我看不出这和粒子物理有什么关系。

"玉瑶，很抱歉，说到这里才问你。你愿意去吗？可能会很危险。"

为什么不去呢？从童年起，对遥远的怨恨便深入骨髓，如果能看到打败距离的方法，如果能知道父亲离开我们母女的理由……

珍珠一颗一颗落在站台，母亲望着我，眼里都是期待。

六

小分队一共三人。赵叔是当年事件的亲历者，专业素质过硬；我是总工的女儿，物理学专业出身；但罗凯……？

看着他一脸轻松，东拍拍，西拍拍，我很是疑惑。赵叔也说不清个所以然，只是含糊表示听从上面的意思。

离厂区还挺远，有两个兵哥哥挡住了我们的必经之路。他们仔细地检查了我们的证件，与手中的文件对了又对。后面的路没法走车，我们只得告别司机，步行前往。

厂区在一个洼地里，所有的一切都是黑色和灰色，还有被岁月腐蚀的锈红。只有两根石烟囱傲然挺立，看不出什么老化的痕迹。

赵叔说这附近容易山体滑坡，下去太危险，事发地点也不是这里，叫我看一眼就走。不过，小罗在远处拍了几张照片。

我没有相关知识，什么也看不出来。小罗把取景框里的照片放大，我注意到厂区里狭小的空地上有几个铜像，形状十分怪异，上窄下宽。

我觉得有点奇怪，但也说不出怪在哪儿。看天色不太好，赵叔催我们去住宿区。

那地方离厂区不远，三人直接顺着小路走了过去。说是小路，大大小小的杂草野花早就已经占领了。在草丛的深处还能看见几辆废弃的卡车，锈迹斑斑，只剩空壳。

住宿区的门口，又是一个黑色的铜像。和厂区里的不同，这个铜像规规矩矩，是一位坚毅男性矿工的形象。铜人双手握空，上下举在胸前，好像拿着一柄长铁铲正欲挖掘——不过手中的工具早已不知所踪。

"玉瑶，看看它有没有什么异常。"

听了赵叔的话，我凑近仔细观察了一下，发现这个"铜"像似乎并不是铜做的。虽然泛着同样的金属光泽，但这黑色更深、更浓，手感也粗糙些。

人像空握的双手也有些问题。两个圆柱形的空洞并不对齐，也就是说，一开始这个人像的手里就不存在任何长柄工具。那这个"铜"人紧紧握住的，到底是什么？

我凑过来一看，人像手中硬币大小的圆孔里早已被蜘蛛安家，结了好几层灰扑扑的蛛网。蛛网之中，隐隐约约有个圆东西。

我勉强把手伸进去，摸出一枚脏脏的——珍珠？这里怎么会有珍珠？我看向另一只手，里面也是脏脏的，但什么都没有。

回过头，赵叔微笑地望着我："玉瑶，你把珍珠放回去，再看。"

我照做了。什么都没有发生。

"玉瑶姐，你看下面！"一旁拍摄的小罗突然叫起来。

俯身一看，人像的另一只手里竟然也多了一颗珍珠！

"怎么回事，珍珠怎么变多了？"

我想了想，又把上面的珍珠拿走，下面的珍珠也随之消失了。

"并没有变多。如果我没猜错的话，是雕塑的双手紧紧钳住了这个空间泡，迫使珍珠在两个地点飞快传送，而我们看起来就像有两颗珍珠。"

赵叔满意地点点头。

"不愧是安工的女儿。这个人像是用扬武特有的矿物'麟铜'打造的，是唯一已知能够制住空间泡的东西。"

"哇。"

我抬起头，在这个距离能看清雕像脸上的表情。坚毅，无畏，骄傲，带着20世纪工人特有的严肃。它一上一下悬空的拳头握着的从来都不是工具，而是空间本身。

"附近的山体富含麟铜，我们认为这就是向羽村通道可以稳定存在的原因。但是，麟铜和空间泡的关系非常复杂，目前只有一个人能够精确计算。就是你的父亲。"

我望着铜像，又是父亲的杰作。

"他当年的手稿已经遗失了，如果这次能找到的话，我们才有可能真正掌握空间泡。"

若真如此，距离将再也没有意义。浪费时间和精力的旅程不复存在，这个世界的效率会呈指数上升。而且，只要愿意，所有的孩子都能够和父母团聚。

"手稿……是在这里丢的吗？"

赵叔点点头。

我暗下决心，一定要找回它。

七

住宿区不大，我们又走了好一会儿才碰到了唯一一栋中规中矩的建筑。墙色斑驳，充满时代特色的标语也在风吹日晒中失掉了颜色。靠外的窗户全在里面糊上了报纸，透过间隙能看见里面堆放的文件。

我急着要进去翻找，赵叔却在门口停了脚步，脸色有点难看。

"这么多年了，我还是……"

我能想象得到，百位同僚在几天之内相继死去，当年的阴影大概就像此时的雨云笼在上空，一时令赵叔难以释怀。

"……要不，您在这里等我们一会儿？"

赵叔点点头，如释重负。他迫不及待远离了宿舍楼，拿出手机找有信号的地方。

我和小罗都是第一次来这里，他完全掩饰不住脸上的兴奋。我们沿着窗边一间间看过去，只觉最东边的那间有些奇怪：窗户似乎被什么黑色的板子挡得严严实实，一点也看不见里面。进入大楼后，我们决定先去那个房间看看。

门没锁，但我推到一半就感到了阻力。幸而空隙足够我们两个进去。

尽管是白天，房间里还是一片漆黑。我和小罗都把手机上的手电筒打开，才勉强照清屋子的全貌。

这似乎是件资料室，四面各靠墙摆了一个快顶到天花板的黑色书架，靠窗的那个挡住了所有阳光，靠门的这个则挤得门只能开一半。

小罗费了不少力气把其中一个挪动了一点，一道宽宽的阳光漏进来，屋子里顿时敞亮了不少。不过，激起的烟尘也让我们咳嗽了半天。

这时，我们才发现房间的地板上也有一摊黑色金属冷却而成的小山。中间有半本书那么高，四散的触手则延伸到了书柜底下。我仔细观察，想确定是不是麟铜。

另一边，小罗已经有了初步发现。他一手护着相机，另一手艰难地在书架底往外拉扯一个工作记录模样的东西。我接过来，心里咯噔一下：这难道就是赵叔说的那本遗失手稿吗？难道这么容易就被我们发现了？

"我的假设里不需要鬼怪——安麟。"

我念着笔记封面上的字，心突突直跳。我不得不承认，他写字行文的方式跟我真的有一点像。不过这内容却是出乎意料：不是工作内容，不是日记也不是账本，这个躲过各个机关多轮搜查的本子里，记录了两个苗族神话。

第一个神话讲的是第一支迁到扬武的苗族人。他们在路上丢失了谷种，只得打猎为生。但猎物有限，部落很快陷入了饥荒。村子里有一对男女，男子擅长打猎，但也只能替村民们解一时之需。于是他的爱人决定走到天边去找天神寻求谷种。女子走了整整一年才求得了谷种，天神却说这谷种必须在三天内种下。三天时间不可能走过这么远的距离，于是天神把女子变成了一只锦鸡，三天之内跨越千万里回到了家乡，解救了部落。

第二个神话叫"七姑娘"。传说在稻花盛开的季节，村里的人会找来一个年轻女性当七姑娘。施法过后，七姑娘的魂魄就会飞到天上去和祖先对话。如果七姑娘的意志够坚定，她就会回到世间，用唱歌的方法把祖先的话带回来。

这里还夹着一张黑白照片。一个穿着苗族传统服饰的女子站在正中，四周围着一圈穿工装的男子。女子似乎在跳舞，身姿婀娜，其他人则死死地盯着她，场面十分诡异。我试着擦掉照片上的灰尘，可包括女子在内，所有人的面容都很模糊，看不出哪个是父亲。照片背后写着二十几个名字，我看到了父亲的名字，还有唯一一个女名，似乎是那位苗族女子：罗然。我把照片给小罗看，发现他的眼睛亮了一下。

"这是我妈。"小罗指着照片中间，轻声说。

"你妈妈？"记忆里某个地方动了一下：失踪名单里是有罗然的，但母亲组织的家属委员会里可没有罗凯这号人物啊。

"这应该是她年轻的时候。"

"那他们在干什么，你知道吗？"

"做'七姑娘'的仪式吧，我猜。"小罗的语气很轻松，只字未提母亲失踪的事——也许一切真的可以被时间冲淡，那些至今还在哭哭啼啼的家属才是异类。

"你的母亲是七姑娘？这不是个神话传说吗？"

"喂，别拿封建迷信的眼神看着我。现在这就是个民俗活动嘛，和过年吃饺子没什么两样。你看那帮科学家看得也挺起劲。"

我又看了看照片，确实如此。那些人不像是在看热闹，严肃的神情更像在记录什么实验。

"而且我妈和我说过，七姑娘的传说在古代更玄。被选中的女孩会在祭坛那里彻底消失，过段时间才会出现。"

"消失？消失去哪里了？"

"不知道。不过这种仪式的成功率很低，如果女孩的意志太坚定，她就走不了，但如果意志不坚定，她就回不来。"

"唔……"

我又低头看笔记，想找出父亲记下这两组神话的用意。此时，一连串声响打断了我的思路。

当，当，当，当，当……声音由强至弱，频率由低变高，很快消失了。

八

温暖的季节里，我竟打了一个寒战。我曾无数次在梦里听到过类似的声音，音色不同但频率相当——那是珍珠掉在地上的声音。

我猛地回头，有一颗珍珠正滚过地板。

小罗也看见了，手疾眼快扑住了它。我还没来得及仔细看，又是一阵类似的响声。

当，当，当，当，当。

我俩同时转身，只见三米外一颗珍珠正弹落在地，向我们滚来。

小罗低下头，手里的珍珠已经不见了。

"噫？怎么——"

话音未落，珍珠掉落之声又在我二人身边响起。

当，当，当，当，当。

还是那颗神出鬼没的珍珠。

小罗还是一副摸不着头脑的样子，我却突然兴奋起来：这个房间里有一个极其活跃的空间泡！四周的麟铜书架应该就是用来困住它的。

"小罗，快，快帮我录个像！"

"录像？"

这是一个极其珍贵的实验环境，我的大脑飞速运转起来：如果一个不能自行移动的物突然出现在另一个地方，可能是什么情况？

假设一，A物体受某种外力的影响，从A地点移动到B地点。比如有人在我们看不见的地方把珍珠拿走了。

假设二，A物体从A地点消失，又从B地点出现。这可以说是真正的超距传输。

假设三，A物体从A地点消失，B物体从B地点出现。这样的话，传输的代价便是物质消解又重组，世界上留下一个一模一样的副本。

这三个可能性依次递减。

我把假设说给小罗，再次拜托他用相机拍摄房间。我说想看看能不能拍到珍珠移动的轨迹或是消失的方式，也许可以排除一两个假设。

听完以后，小罗似乎没有完全理解。不过，他还是把相机小心翼翼放在了珍珠对面的架子上开始录像。

这次，两个人足足盯了好一会儿，珍珠也没有消失。

"要不咱们先去别的房间看看？"

"不行，我不能离开我的相机！"

"好吧……"

两个人又沉默了。

九

一分一秒过去了，珍珠毫无动静。平常我的时间很紧张，零碎的空闲也被用来看手机、回消息，等待的感觉像夏天酷热的阳光一样令我浑身焦躁难忍。感觉已经盯了一小时，一看表才过了五分钟。

我突然想起了爱因斯坦有个著名的比喻：一个男人与美女对坐一小时，会觉得似乎只过了一分钟，但如果让他坐在热火炉上一分钟，却会觉得似乎过了不止一小时。

"你在想什么？"小罗问我。

"我在想……环境会影响人对时间的感知。"

"哦？是吗？"

"嗯，在危急情况下，很多人都会觉得时间变慢了。这被视为应激反应的一部分。"

"好像还真是这样。"小罗眨眨眼睛，回忆道，"有一次我从梯田上摔下来，就感觉世界好像调了0.8倍速，一切都慢了下来。"

"是的。而且有研究表明，一些精神病人眼里的时间流速和正常人不同。普通人眼里100毫秒的闪烁在他们眼里可能会扩展到120毫秒。而在动物界这个差距就更大了。比如对于苍蝇来说，人类的电影就是一格一格变化的图片。"

"怪不得我总是打不到它们……"

"其实还有一种解释。我们觉得时间变慢了，并不是认知带来的错觉，而是时间的流速真的变慢了。"

"时间还会变速？"不知道是不是我的错觉，小罗的眼睛一下子亮了。我也燃起了科普的热情。

"对。那种理论认为每个人、每个动物、每个物体都拥有不同属性的时间，而人或物体状态的变化也会导致自身时间属性的改变。在你从梯田上摔下来的那一刻，身体里的激素迅速做出反应，很可能就改变了你的时间。"

"哇，这是谁提的，脑洞好大啊。"

"物理学家白振雄，你应该没听说过吧？师从汤川秀树[①]，才刚四十岁。"他还不到载入史册的年纪，但理论多数离经叛道，惹起过学界数次热议。听说本人也很有趣，因为欣赏日本文化而选择在东京大学任教。我也曾写过几封套磁信，希望未来能够成为白振雄的博士生。所

---

① 汤川秀树：日本著名物理学家，因在核力的理论基础上预言了介子的存在，获得了1949年诺贝尔物理学奖。——编者注

以，看到小罗摇头的时候，我还是隐隐有些失望。

"才四十岁？"

"怎么了，很多人一辈子都达不到这种高度。"听到这话，我忍不住为偶像辩护了几句，"他的其他理论也很棒。大家一般认为时间是一维的，像一条没有厚度的直线，只能向前走。而白振雄坚持认为时间是二维的。也就是说，时间不是连续的，而是像无数个切片面包组成的长龙，每一个时间截面就是这个世界的一帧……"

小罗打了个哈欠。

看到我的眼神，他赶忙道歉，说自己从小就容易在物理课上睡着。

"唉，还是你们物理学家有文化，时间有这属性那属性，又是面包片又是长龙的，要我就把时间假设成橡皮泥，能随心所欲捏来捏去多好……"

我倒希望是这样。小的时候，我一直渴望能把时间变快。那些旅途中的痛苦把时间拉得太长，长到足以深深印在我的记忆里，长到足以填满我的童年。

"玉瑶，你没事吧？"

小罗喊我的名字，声音格外轻，却一下帮我从回忆里抽出身来。

"没事。"

"唉，我知道这是你父亲去世的地方，伤心是很正常的。"

"我……其实我没当他是我父亲。"

"为什么？"他看上去非常惊讶。

"我们基本没怎么接触过，我不了解他，他也不了解我。我们，没什么联系。"

"也许你应该试着……"

"是他没给我机会。后来，后来也没有机会了。"

"物理这块我不懂，不过这个事嘛……其实我和你挺像的。我妈妈

遥远的终结　095

也去世得很早,但我还是能感到她就在我身边。她的笔记,她生活过的房间,她留下的照片和故事……我也像她年轻时一样喜欢摄影。我还经常拿我拍的照片和她的做对比……真的,感觉她就在我身边。按理说父母和孩子应该是这个世界上最像的人吧,基因染色体什么的。就算相距再远,你的存在本身就是你们最好的关联。"

我的情况不一样。我在心里对自己说。是他生生切断了这个关联,是他没有选择我。

"玉瑶?"

"嗯?"

"珍珠没了。"

十

架子上空无一物,但我们谁也没听见珍珠落地的声音。

回放录像,珍珠是瞬间消失的。我们放慢了很多倍,直至连续的录像变成一帧一帧的图画,也只能看到珍珠在这一帧完好无损,下一帧消影无踪。

"完全看不到珍珠移动的轨迹,刚才检查的时候也能基本确定是同一颗珍珠。虽然不能完全排除,目前最可能发生的是第二个假设:物体从A点消失,从B点出现。"我想也应该是这样,不然上面也不会允许向羽村通道的存在。

"那现在珍珠去哪儿了?"

"找找呗,可能是掉在架子上了。"

两个人开始在不大的房间里翻找起来。

"玉瑶,你们做科学实验也这么好玩吗?"

"枯燥多了。要是能出现这种异象，大家不知道该多兴奋。"

我真的不忍心告诉小罗，我们的日常是这样的：上午交报销材料，下午开会讨论学院网站的管理，然后去实验室跟高压接头较劲，把电压加到9000伏，然后探测器上终于能看到信号了。

"不过，要真的是假设二的现象，除了超自然现象还有什么解释呢？"

"物理学上的解释就很多了。爱因斯坦—罗森桥你听过吗？就是虫洞。"

"听说过，不过也就是听说名字罢了。"

"意思是宇宙中存在连接两个不同时空的隧道，通过它可以实现瞬时空间转移。从外部观察，就是一个物体消失，过段时间再从另一个地方出现。"

"这么厉害？难道这里……"

"可能存在微型虫洞，当然还有很多别的可能性。"

我自己不太认同这点。虫洞的产生需要很严苛的条件，如果向羽村通道真的是一个小虫洞的话，驻地科学家应该早就已经得出结论了。

"玉瑶，我找到珍珠了！"

原来这回珍珠嵌在了南面的墙上，就在金属书架的旁边。小罗轻松地把它摘了下来，仔细端详，我则踮起脚，摸了摸那块墙面。

珍珠镶进去的地方形成了一个小小的凹陷，四周一圈微微隆起：坚实的墙面仿佛不是固体，珍珠进去以后把原先的物质挤到了一边。接着，我注意到这面墙上充满了细小的裂纹，源头似乎是在被书架挡住的地方。不知道是不是我的错觉，这裂纹似乎还在生长。

"玉瑶？"

"嗯？"

"你有没有听到什么声音？"

正观察裂纹的我还真没注意。两人都没再说话,屏住呼吸聆听。

这个小小的房间里,传来了第三个人的喘息声。

十一

辨清这声音的源头在书架附近,小罗一把将我护在身后。一改刚才嬉皮笑脸的样子,他严肃的面容让我感到很陌生。

金属书架开始颤抖,我吓得抓紧了他的胳膊。

我一直相信再诡异的现象都逃不开物理定律的束缚,但和人有关的事却一向很难琢磨。一个偷窥的人,比一百个凭空出现的珍珠都更加令我恐惧。

书架抖动得更剧烈了,小罗护着我一直往后退。终于,它重重倒在地上,和满地的金属物相撞,发出震耳欲聋的碰撞声。

出现在我们眼前的是赵叔。

不,是半个赵叔。他侧对着我们,只露出左边的身体——其他部分全都和那颗珍珠一样深深嵌在了墙体之中。额角青筋暴起,口鼻全在墙中,左眼死死盯着我们,手脚像濒死的昆虫般疯狂舞动。在他四周,墙体像凝固的海水一样拱起了一圈浪花。

"快,快救人!"

小罗率先反应过来,抡起房间里的金属椅砸向赵叔身后的墙壁。还好这不是承重墙,几下就四分五裂,赵叔也掉了出来,躺在地上重重喘着粗气。

我忙上前扶起他,替他拂去口鼻附近的墙灰。

"快,快跑孩子们。空间泡逃了!"

话音未落,一道闪电将整个房间照得通亮。我们这才意识到,外面下了大雨。透过密集的雨幕，我俩都注意到村落的方向闪着耀眼的红光。

"那是空间泡逃脱的警告！十年了，这还是第一次。我想来提醒你们，谁想到——"赵叔突然紧紧抓住了我的胳膊，把我吓了一跳，"——它们已经来了，它们已经回来了！"

十二

冒着还不算密集的雨点，三个人好像逃命一般往宿舍区外面跑。不对，不是好像，就是在逃命——吃人的透明怪物就在附近游荡，一步踏错就万劫不复！

更可怕的是，按照赵叔的说法，山体滑坡带来了麟铜分布的改变，更多空间泡很可能已经出来了！而在当年那场事故里，个位数专门传送人体的空间泡就在几天内屠尽了全厂人！

"这么危险的东西，你们为什么不把这里彻底封死！"小罗扶着赵叔，在风雨中大声责怪。

小罗不会懂，但是我明白。这个东西的研究价值太大了，足够让一个国家在历史的进程中弯道超车，雄踞世界很多很多年。何况这是人类的财富，甚至能够彻底改变生产力和生产关系，少数人的牺牲远远不值一提。再说了，这么多年都能保持稳定运转，人们没有理由放弃这个彻底击败距离的有力武器。

只是，失控的为什么是今天？

赵叔体力不支，刚走到铜像处就倒下了。我和小罗想把他拉起来，赵叔只是摆摆手，表示自己一步也走不动了。我们只得绕到铜像身后去躲避迎面而来的暴雨狂风。

只是在翻滚的黑云下，双手握拳的工人似乎变得更加勇猛，不惧一切风雨。

"玉瑶，你们先走吧，我还得回去。"

"回去？那里那么危险，您——"

"我刚刚是被恐惧冲昏了头脑才想着一走了之，这实在太不负责任了。你有没有想过，如果我们不去管它，让几个空间泡流窜到村里、镇里会是什么后果？会有多少无辜的人瞬间消失，掉进河里或者像我一样嵌在墙里，甚至像当时稀有金属矿里的所有人一样，尸骨都找不到一具！"

杨姑娘灿烂的笑脸闪过我的脑海，还有满载鲜花的客车和层层苍翠的梯田……这里美好的生活，就要被彻底打破了吗？

"可是，空间泡行踪如此诡异，我们也没有任何办法捉住它，您回去又有什么用啊！"

"其实有办法。"

赵叔告诉我们，父亲曾教过他们做简易的空间泡捕捉器。只需要两片麟铜夹在空间泡两端，就能和那座铜像一样暂时制住它们。但是，即使是麟铜也无法移动空间泡，制住的时间也非常短暂。十年来他们的研究对象都只有联通向羽村内外的那个泡泡，没人敢冒险将它放出，所以并没有实践这个理论的机会。

在赵叔的带领下，我们打着伞在雕像底端用打火机熔化了一部分金属。黑色的液体流淌到地面上，渐渐凝固成一个手掌大小的不规则圆盘。我们先做了六个小圆盘。

"赵叔，和珍珠泡不同，能传输人体的空间泡这么大，这两个小盘能捉得住吗？"小罗问道。

"孩子，空间泡并没有固定的大小，它会根据相同属性物体对自身定域，进行相应的变化。不然怎么会刚好有我这么大的空间泡，又刚好符合动作和形状，没让我缺胳膊断腿呢？当然，也有可能它们根本没有我们常识意义上的形状，只是一个点，一个空间的裂缝。当然这只是我的假设。"

小罗看起来不是很理解，但他还是点了点头。

"孩子们，我们一人拿两个圆盘。如果有人消失了，一个人就用圆盘围住消失点，而另一个人无论出现在哪里，也要立刻回到围好出现的地方，好吗？这样总能保证有人困住了空间泡。"

"可是，这些泡泡又看不见，我们怎么才能知道自己抓住了它们？"

"不用完全抓住。有这种材料在的地方，就会限制空间泡的行动。不然雕像的手就会封死了不是吗？"

十三

"一进门不是走廊吗？怎么……"

赵叔实在行动不便，再说也需要有人把情况传递出去，所以最终回去的只有我和小罗。一路都没有异常，没想到刚进宿舍楼就遭遇了空间泡。两人瞬间落入黑暗，一时惊慌失措，竟然也忘了围堵的事情。

小罗打开手机上的手电筒，发现一切都变了。空旷的房间散落着不少长胶卷，还有破桌烂椅、各种杂物。窗户一半是黑的，只有上部能看见外面风雨大作，还有不少雨水打进来。

"我们肯定已经不在那栋宿舍楼了。"

"可是来的时候只看到一栋建筑啊。"

小罗拾起一条胶卷，对着光照了照。

"很可能是当时的职工电影院。这里常常山体滑坡，还有泥石流，可能是几年前被埋了。"

我点点头，认同了他的看法。

"门推不动，只能从窗户上爬出去了。实在不行还有赵叔，他知道我们在住宿区，出去以后会找人来救我们的——赵叔？"

一道闪电划过，玻璃上映出一张人脸——赵叔正蹲在窗户外面厚厚的积土上望着我们。

他不是走不动路吗，怎么会这么快？

"赵叔！赵叔快救救我们！"我在屋里大喊，拼命冲他挥手。

中年男子的面孔令人琢磨不透。他就这么静静看了我们一会儿，什么也没说，什么也没做，在暴雨中径直离去了。

"赵叔！赵叔！我是玉瑶啊！"

"别喊了，省点力气吧，"小罗说，"你还没看出来吗，他想要我们的命呢。什么为了村民，什么用麟铜片围捕空间泡，估计都是扯淡。"

"为什么，我们才第一次见面，为什——"

话音未落，只听一阵隆隆巨响由远及近，吓得二人又往深处缩。

安静下来后，掉下来的泥石把出口全堵死了，房间彻底漆黑一片。

"别管为什么，先想办法出去再说。"

我很同意。这里的氧气含量少得很令人担心，不知道能够给我们两个人撑多久。还有那个空间泡，不知道又跑到哪里去了。

"我们应该顺着房间找找它，说不定就被传到外面去了。"

"对啊，正好传进泥石流里，一了百了。"

"玉瑶姐，别这么悲观嘛……哎，你看这是什么？"

十四

小罗在地上找到了一个满是灰尘的油纸包，四块砖头大小，用一层又一层的塑料袋包裹着。

我们把四个金属圆盘摆在身边当成护身符，以期空间泡不会飘过来，然后才定下神来研究神秘包裹。

里面的物体露出真容后，小罗激动得叫了起来。

"我的天，是古董机！"

"什么？"

"索尼出的数码摄像机，我看看，DCR-VX1000E，95年的货，保存得还这么好！"

"你这么了解？"

"当然，我妈当年也是搞摄影的，这种机器有不少，我从小研究到大的。"

"你觉得它还能用吗？说不定有线索。"

"我看看……电池和磁带都是分开装的，都没有损坏，我们装回去试试。"

没想到，这竟然是父亲的机器。

"滋……滋……滋……玉瑶，我是爸爸。"

第一段视频里，年轻的父亲出现在了镜头前。

"嘿嘿嘿，你还在妈妈肚子里呢。你知道爸爸在哪儿吗？爸爸在贵州，离家可远可远了。爸爸不是不想陪你和妈妈，可爸爸得工作啊。这里有一个特别好的机会，做出成果来的话，你一辈子就衣食无忧，想干吗就干吗了。当然要是能和爸爸一样学粒子物理最好了，不过妈妈恐怕不会同意，她怕你也跑到大山里来呢……"

"玉瑶？"

"我没事。继续放，下面肯定会有线索。"我的眼泪在黑暗中流下来，但用尽全力保持了声音的平静。小罗轻轻抓住了我的手。

"滋……滋……滋……"

画面转向了户外。似乎是雕像刚落成的时候，十几个青年男子围着它，其中一个比较年长的站在高处，手里拿着什么东西。他冲着摄像机方向大喊："小安！你录了没有！"

接着是父亲的声音。

"录着呢，贾工！"

"好嘞，大家瞧着！"

贾工夸张地轮了一圈胳膊，然后小心翼翼地把什么东西送进了雕像的手中。

"小赵，珍珠过去了没有？"

一个小个子蹲在地上，仔细地往铜像的另一只手中看。

"过去了，过去了！"

听到这话，所有人都拍手叫好，欢呼声回荡在山野间。

"行行行，过去了就起开，让小安来拍拍！"

"来了，来了！"

画面晃晃悠悠越来越近，清楚地拍下了每个人因为兴奋而发红的脸庞。最后，镜头对准了雕像的手，里面赫然摆着一颗珍珠。

也就是我在雕像中见到的那一颗。不过，那时珍珠还未蒙尘，也没有随着岁月变黄。它是那么纯白美好，一如画面里每个人的理想与情操。

十五

画面一转，似乎很长时间过去了。镜头里像是一间办公室，贾工坐在一张大办公桌后，胡子拉碴，狠狠抽着烟。

他看到了镜头，眉头皱成一团，但看起来没精力管这些了。

"贾工！"

有人在画面外喊他。

贾工望向来人，脸一下子舒展开来。

"怎么样？有什么消息吗？"

"没有。失踪的工人还是没找到，而且，而且小钱也……"

"小钱？小钱不是和你在一起的吗？他怎么了？"

"小钱同志牺牲了，我们是在山里把他挖出来的……"

听到这话，贾工的五官又拧成了一团。

"贾工……"

"唉。可怜的孩子。明天和罗姑娘他们一起葬了吧。还有，最重要的，记下来坐标没有？"

"记下来了。可是……"

"可是什么？吞吞吐吐像个大姑娘，有事直说！"

"贾工，我知道咱们到这儿来一驻就是十年，为的是什么，啊？一个虚无缥缈的超距传输神话！"

"张工，你冷静点！"是父亲的声音。

"小安，这没你说话的份儿！"

"张工。你我都很清楚，这不是神话。那个珍珠就是证据。"

"十年了，整整十年了。除了珍珠以外，我们可曾有什么进展？原理搞清楚了吗？规律摸清了吗？我们甚至没法移动它！还有最近放出来的那些魔鬼……你是没体会过和墙壁融为一体的感觉！"

贾工浑身颤抖，似乎无话可说，但来人却没有停下来的意思。

"贾工，现在不是我们能处理的情况了，全部撤离吧。让直升机带着金汞液填满这个山坳吧。"

"那我们的成果可就全完了。"

"也比我们这些人全完了好。"

"小安。"

贾工突然看向镜头。

"你说你有办法捉住它们,对不对?"

"我最近在算它的出现频率和地点,可以一试。"

"好。张工,再给我三天时间。要是还捉不到,咱就全体撤退!"

画面又一转。

这次的场景很熟悉,是我们进去过的那个房间。闹哄哄的,人很多,镜头似乎好不容易才挤进去,但墙的四周没有黑色的金属书架。

不对,拨开人群后,我看到两个金属书架并排放在房间正中,架子间留着三臂的距离。

书架间的空地上站着一个人。

我认出来那是贾工。他并没有被东西夹住,可手脚却像被无形的枷锁束缚了一样保持着诡异的姿势。他的表情极其痛苦,从喉咙里勉强发出声音。

"别……别过来……"

"张工,怎么办?"我听到有人焦急地问。

"大家别碰他,人一旦接近也会被'它'影响!现在贾工和那个珍珠一样,两边都被金属钳住了!唯一的办法就是找到另一边的'它'!贾工,你在哪儿?"

"山……"

"很明显是在矿山里。"是父亲的声音,"肯定是那种金属最致密的地方,所以和珍珠不同,贾工连带'它'都动弹不得!"

"怎么办,那么大的矿山,上哪儿去找啊。"有几人的声音都带了哭腔。

尽管身在房间,贾工看着快要窒息了。他已经说不出话,眼白布满血丝,眼球缓慢转动,死死盯着房门。

这时,一个气喘吁吁的小工推着一桶缓慢翻涌的金属熔液撞门而入。

"你疯了吗？贾工还没救出来，你拿这个干吗！"

"……倒。"

"老贾？"

贾工浑身颤抖，双唇艰难张开，爆发出最后一个声音：

"倒！"

一个人抢过小工的推车，将整罐金属液向痛苦的男人身上泼了过去……

我倒吸一口冷气，突然想明白了，厂区里座座诡异的麟铜像是这样来的。

十六

最后一段视频里的场景正是这个废旧的电影院，出镜者则是我父亲本人。

那时电影院还没被淹没，不过外面也下着大雨，父亲在一个昏暗的角落趴在镜头前。我从没这么近见过父亲。他看起来疲惫又难过，脸上冒出参差不齐的胡楂儿，头发混着汗水一缕一缕贴在额上。不过，我还是能在这张脸上看到自己的样子。像母亲说的一样，我的眼睛长得很随他。

"喂，我不知道谁能看见这个录像，但它很重要知道吗？"刚说了一句，父亲就紧张得向后看去。背景只有一片昏暗，我和小罗什么也看不见。

"我们的时间不多了，我该早点录这段的。"父亲的语气很焦急。

"我是安麟，十年前应召来到扬武稀有金属矿，调查这里的超距传输现象。我们一行人有二十名物理学家，其他都是这里的矿工。现在还剩……"他又往后看，接着很快回过头来，"……还剩三人。另外还有十几人失踪。不过凶多吉少。我从头讲吧。五年前，我们发现扬武矿场存在类似微型虫洞的空间泡，并实现了珍珠的超距传输。这种空间泡很可能是富含稀有金属的矿物激发的，同时这种矿物也能在一定程度上抑制空间泡的移动。但是这种抑制也不算稳定，如果不是扬武此地遍布特殊矿物，空间泡将以不可思议的速度扩散。

"起初，我们发现不同的空间泡会特定传输不同的物质，大多都是珍珠类的小物件。但在对空间泡的深度开采过程中，传输人体的特定空间泡出土了。它的活性极大，几乎逃离了土地的束缚，一天之内传输了几十人。他们在河流里、半空中出现，甚至深嵌在墙壁和山体之中，生还者寥寥。此外，这种杀人泡的定域性也比较差，人体周边的物品，甚至是相距不远的其他人也会被影响。我们用金属熔液四处围捕，牺牲了很多人，终于抑制住了大部分杀人泡。我们都知道，绝不能让这种看不见、摸不着的杀人魔离开扬武乡，扩散到全世界。"

"安工，时间快到了！"不远处有人呼唤父亲。

"知道了！"父亲头都没回。

"围捕空间泡的基础，就是掌握它在整个矿场的运动规律。我记下了所有空间泡出现的地点和时间，分析了移动轨迹，再结合地下矿物的分布，终于能成功预测它的行踪。"父亲拿着一个本子在镜头前晃了晃，上面写满了复杂的计算。我认出那是记下神话的本子的另一半。

"如果我没计算错的话，十分钟后空间泡会从这家电影院西北角出现，我们会站在那里。按照计算我们会被传送到十二点方向三百米处，那里已经布置好了围捕杀人泡的陷阱。如果我们出现，说明这个地点是对的，那么最后一个杀人泡也能被抓住了。如果在那个地方不行，下一个地点也设置了自动陷阱，应该不会有问题……希望如此吧。"

"安工，快点了！"

"好了！"父亲大声回道。他向镜头伸出了手，画面停了。

但父亲紧接着又出现了。

"对了，我还有个可爱的女儿叫安玉瑶，你要是能见到这个录像，请你告诉她，这么多年来我最亏欠的就是她们母女俩。我，我……wil gangb mongx。"

是苗语的"我爱你"。

画面黑了。我泣不成声，小罗则紧紧把我抱在了怀里。

"玉瑶，玉瑶，你看，还有一段视频。"

我赶紧擦干眼泪，父亲又出现了。他瞥了一眼身后，声音比刚才小了很多。

"其实，对于整个事件我一直觉得有什么不对。就算是微型虫洞，物体的传输也是需要时间的，但我拍过很多次珍珠的超距传输，都出现了一张照片上有两颗珍珠的状况……如果说距离太短，相机也捕捉不到变化的痕迹，那贾工那次呢？他的尸体在几百米外的山里，可房间的贾工却是连续的。无论我怎么调慢录像，甚至一帧一帧地看，都没有发现任何贾工不在这里的证据。难道这个世界上出现了两个贾工？难道贾工同时存在于山体内部和我们面前？

"难道这个东西不是什么空间泡，我们从一开始就犯了一个大错误？"

十七

这回画面真的没了。在录像机下面，我找到了父亲的笔记。

父亲他们没有找到原理，但凭着几百人消失又出现的坐标和时间以及地下矿产的分布状况，连拼带凑地搞出了一个预测空间泡行动的模型。看惯了精巧对称的物理公式，这个庞杂繁复的模型在我眼里就像一个垃圾拼成的机器，丑陋无比。但这是救命的唯一方法，我只能勉强回忆起这几次空间泡出现的情况，硬着头皮计算。

手算能力毕竟有限，再加上不是自己亲自建立的模型，我几次进入了死胡同只能从头再来。我想细细计算，又担心等我算完了早已错过空间泡出现的时间。我的手越来越抖，汗珠一颗一颗掉了下来……

"我来吧。"小罗突然说。

"什么？你——"

小罗拿过本和笔，把照明用的手机塞到我手里，低头开始计算。

只看了几秒钟，我的疑惑迅速变成了钦佩，又转成了怀疑。

在他的笔下，海量的数据被梳理归顺，从密集的雨点变成涓涓细流，温柔地在运算符号的引导下流淌；可憎的变量则圆润成珠，大大小小落入玉盘，然后滚向关键的节点，像星星一样灿灿发光；巨大或极小的数字和长长短短的公式被他替换成希腊字母，转眼纸面只剩一首古语写成的诗；接着诗迅速变成画，美丽而规整的数又出现了。

我看呆了。我曾见过大师推导公式，也曾亲手证明定理。但前者的震撼感以及后者的成就感又和现在完全不一样：一切都舒服顺畅，一切都本该如此，像叶子随风落下，像溪水往低处流淌。

"小罗，你到底是谁？"

"我呀？一个摄影师。"他轻松回答着，行云流水的数字源源不断从笔尖流出。

"除此之外呢？"

"超距传输的信徒，粒子物理学的求索者，也是一个想查清母亲死因的儿子。"

"你不叫罗凯。'罗'是你母亲那边的姓。"

"是的。我也没有四十岁。汤川秀树也不是我的老师,我去东京大学的时候他早就去世了。但他是我的精神导师。"

"你是白振雄。"

还在计算的少年微微一笑。

"可是……为什么?"来扬武以来的一幕幕在我眼前瞬间闪过,小罗的一举一动突然都变得刻意了。

"什么为什么?"

"为什么不早说,为什么用化名,还有为什么你这么年轻?"

"大部分杰出科学家的二十岁都是产出最高的时候。你不应该不知道。至于为什么隐瞒……其实这次来,我有一个任务,就是考察空间泡研究所领导人的继任者。我想你也清楚超距传输的重要性,领导者的品质至关重要,不仅是专业素养,和这座村庄的羁绊,还有人品……赵叔本来也是考察对象,但他……我想他猜出了上面的用意,认定你是最大的威胁,才利用对空间泡的粗浅认知这样对待我们。"

我想到窗外那张冷漠的面孔,感到异常难过。

十八

"好了。约在半小时后,这个地方。"

白振雄圈出几个数字,又在父亲的模型上标出几个错误,随手往角落里一指。

"得救了。"听说半小时之后就能逃出生天,我也放松了不少。

"也没那么乐观,你爸当时出现的地方我们来时见了,比他们那时高了不少,估计是泥石流的杰作。"想到父亲很可能是被一场泥石流夺去了性命,我的鼻子就一阵发酸。

"那也比困死在这里好。对了，刚才你爸说'犯了错误'，你觉得是怎么回事？"

"白老师，您看呢？"

"你看你看，我就知道暴露身份以后会搞成这样——有老师在的地方学生总是会轻易放弃思考。"

"对不起，白老师。"我低下头，脸更烫了。

"想什么就说什么。"

"那个，白老师，雕像手里的珍珠，会不会也是两颗，而不仅仅是快速闪灭的一颗？"

"有可能。在那个房间，你提到了我的两个理论，一个是不同物体的时间流速不同，一个是时间有第二个维度。其实我还有一篇关于时间的论文没发表。在扬武附近的实验室，我曾观测到一个独特的现象：微型粒子移动时，它的物理量有时会短暂加倍。但那一瞬间非常短非常短，短过所有我们能够计量的时间单位。我只能大胆假设，在同一个时间截面出现了两个粒子。而在矿场，看到了两颗珍珠，看到了同时出现在两处的人，还有你父亲的疑虑，我认为我大部分的假设都离真相很近了。"

"您的意思是，超距传输就是一只看不见的手，从时间的间隙伸出来，把一个东西从一个地方拿起，再放到同一个时间截面的另一个地方？只有这种情况下才会在同一时间出现两个珍珠。"

这正好符合了我们当时所做的第一个假设：有人在我们看不见的地方把珍珠拿走了。只不过这个"人"是超越维度的力量，这个地方是时间与时间之间的距离。

"如果是从时间的角度考虑，被拿起的可能就是时间本身。"

"时间的间隙，时间有不同属性，在一个时间里移动时间……这也太玄了吧，我怎么也想象不出，到底是……"

"很正常。来到更高的维度后，我们就不能再依靠直觉了。这才涉及五维时空呢，早点抛弃直觉，对你今后的学习有好处。"

我点了点头，大脑飞快地转动起来。我回溯来到扬武后遇到的一切，父亲的录像，诡异的珍珠，可怖的大泡，还有那两个神话……

为什么姑娘不能在三天内跨越千山万水，而锦鸡却可以？这不就印证了每个物体有不同的时间属性吗？不同的时间泡传送时间属性不同的物体，也可以说得通了。不对，现在不能叫时间泡了——

时间不连续。

时间拥有不同属性。

时间可以移动。

这三个特征摆在一起，答案突然呼之欲出——

"白老师，如果时间是一种粒子的话，就可以解释这一切了呀！"

十九

说出这句话的同时，一阵恐慌突然向我袭来。如果不是空间泡而是时间泡，如果不是爱因斯坦—罗森桥而是移动的时间粒子，那么父亲他们的抑制措施还有用吗？在空间层面的禁锢只能禁锢一时，如何才能把这些被激发的活动时间粒子打回稳定的时间场之内呢？

看到白振雄的表情，我知道他和我想到了同样的问题。

"玉瑶，也许我们只能从时间的层面湮灭时间粒子。"

"湮灭？"

"对。物质不可能凭空增加或减少，时间粒子也不能。同一时间截面出现两个物体也就意味着出现了两个时间粒子。那么其中一个很可能就是与其本体时间属性相反的虚粒子。两个粒子互为反粒子，相撞必然湮灭。"

"你是说，在同一时间让两个时间粒子相撞？"

白振雄没有摇头，但也没有点头。他第一次皱起了眉，第一次没有找到答案。

先别说我们根本动不了时间泡，就算动得了，两个粒子出现的时间都只有一瞬，那一瞬还是我们根本感知不到的时间截面。我们这些肉体凡胎的三维生物能怎么办？停止时间？还是折叠空间？

是啊，我们根本办不到。想到父亲，我现在恨不得钻进时间的缝隙，把一个个不老实的时间粒子全部捏碎……

"算了，先别管这些了。时间快到了，我们先出去再说吧。"

白振雄扛起父亲的老式摄像机，拉住了我的手。我的脸又红了，顺从地和他去了时间粒子即将出现的地点。

"我们出去以后就去求救。我会召集一个考察小组再来扬武，去解决下面的谜题。玉瑶，你已经比你的爸爸厉害很多了，他会为你骄傲的。"

我望着他点了点头，泪水流了下来。

来到地面后，狂风暴雨直接把我们拍翻在地。我勉强爬起身，感觉雨点像子弹一样打在身上。这时我才想到自己整整一天都没有吃东西了。

我们隐隐听到远方传来奔雷的闷响，像千军万马朝我们奔来。是泥石流。

白老师也同样疲惫。我们跌坐在雨里，带着时间和空间的秘密，却无法再走一步。这个深藏在大山里的村落，就是我们最终的归宿吗？

"玉瑶！"

恍惚间，我听到有人叫我的名字。

"玉瑶！"

"玉瑶！"

"玉瑶！"

声音越来越多，越来越大。但我太累了，无力抬头。

又过了一会儿，我感到一双温柔的手将我轻轻拉起，又为我披上雨衣。

"杨姑娘？"

不仅仅是杨姑娘，当时在客车上遇到的人，还有很多没见过的村民都来了。他们离开安全的家舍，冒着狂风暴雨来找我们两个陌生人。

喝了点水后，我被一个苗族小伙子背在背上，另一个扶起了白老师，一行人找到一所破旧的传达室先行避雨。

吃了两口东西，白振雄又拿出笔记推算。这次他的眉头越皱越紧。

"怎么了？"

"先别说话。"

我知趣地不再打扰他，转向另一个没有想明白的问题。

"杨姑娘，厂区这么大，你们怎么在这里找到我们的？"

"因为安工当年也在这里出现过呀。"

什么？父亲？

"十年前了，也是暴雨。我妈妈正好在附近采药，那时向羽村非常封闭，活下去很艰难，厂子的出现给我们带来了希望。但那几天厂子里却不知道出了什么事，几乎都没人来村里了。妈妈就在附近避雨，看见安工突然出现在雨幕中。"

"父亲？他在做什么？"

杨姑娘摇摇头。

"他看起来很疲惫，和你们一样。妈妈上前想要帮他，安工却让妈妈快跑。当时，他说他要去个什么地方，在那里可以推给向羽村一条路。"

"然后呢?"

"然后,泥石流就来了,妈妈只得先走。她说她回过头,只看见安工直起身子,直面滚滚暴雨,举起了……举起了一把刀子……"

我捂住了嘴。

"安工凭空消失了。第二天,全厂的人也都消失了,但山北的通道出现了。很多军人乘直升机过来封锁了一切,妈妈也被叫去问话,所有内容都被要求严格保密。但我们都知道,是安工向山神献祭了自己,才换来了我们今天美好的生活。所以,我们说什么也不能让安工的女儿出事。"

这个世界上不存在山神,但父亲确实为了这个村落献祭了自己。他的青春,他的家人,还有他的生命。

父亲确实拯救了这里,不过他是怎么做到的呢?

他到底去了哪里?为什么向羽村的路,是他"推"过去的?

正打算和白振雄讨论,只见他眉头紧锁,死死盯着笔记。

"空间泡马上就要来了,大家必须逃走,不然所有人都会死!"

二十

逃?要逃到哪里去?

外面是滚滚山石,倾盆暴雨,连这小小的传达室都如巨浪中的小舟,随时可能在大自然的重击下瓦解消失。

小屋里的气氛却没那么凝重。村民们没有见识过空间泡的可怕,对即将到来的威胁没有感性认知。他们把我俩围在中间,说一定要保护好我们。

风雨更大了。万钧雷霆四处炸响，耀眼的闪光不断切换小屋的明暗。滚落的山石时时冲击着墙壁，裂缝从各个角落里悄然出现。

更可怕的是，食人泡就在路上。如果什么都不做，我们所有人都会被牢牢嵌进山体，在几分钟内窒息而亡。

现在是留遗言的时候吗？还是……我冷得浑身打战，也怕得不能自已。

这时，白振雄抓住了我的手。他没有看我，但手上力道很大。我也紧紧回握他，感到掌心像太阳表面一般炽热。他在思考，我知道，他永远不会停止思考。

那份冷静也感染了我。迷乱的思绪停止了，事件本身渐渐浮出水面。现如今，只有制住即将到来的空间泡，我们才有一线生机。

可是，那要怎么做到呢？

从空间的角度考虑没用，用物理的手段没用。要从时间的角度考虑，要从粒子的角度考虑……

不连续，有不同属性，可以移动……

时间的截面，时间的湮灭，时间的间隙……

爱因斯坦的名言在倾盆的暴雨中回荡，白振雄的论文在发昏的头脑中旋转……

少女变成锦鸡飞越万水千山，七姑娘舞姿妙曼，在稻花魂的歌声中归来……

七姑娘，七姑娘，七姑娘……

"白老师。"我轻声呼唤。

"怎么了？"他温柔回应。

"我知道了。"

"知道什么了？"

"为什么意志太坚定就走不了，意志不坚定就回不来。"

"什么？"

"因为七姑娘……因为就像您说过的，物体的时间属性会随着状态改变而改变啊。"

我知道了，只要身处时间泡的一瞬间改变自身的状态，就不会符合那个时间泡的时间属性，时间泡就走不了，但在那个时间截面上，时间泡又已经走了。只有这样，同一个时间泡的正反粒子才会出现在同一地点，只有这样，杀人泡才能湮灭。

而人类精神状态最大的改变，莫过于生死二字。

所以十年前，父亲才会在风雨里挥刀自尽。他以自己的生命为代价，湮灭了一个恐怖的时间粒子。

不，不仅如此。

我又想起了杨姑娘的话。那时，父亲说自己"要去个什么地方，在那里可以推给向羽村一条路"。

他消失后，所有的食人泡都不见了，山北却出现了可以稳定传输万物的向羽村通道。

这不是湮灭了一个时间粒子就能做到的，解释只有一个，父亲本人进入了时间的间隙！

那会是一个什么样的场景呢？

也许，世界会变得极其安静，风雨雷电，泥石翻滚，什么声音都没有。

也许，他能看见雨滴悬在空中，看见闪电禁锢在云层，看见不远处正翻滚而来的石海。当他伸出手，会发现自己像幽灵一般穿过雨幕。

也许，他会拥有一种全新的感受。不是颜色，不是声音，不是冷暖。是不同的时间。他能感到属于自己的时间，和杨姑娘母亲的时间很像，但又和其他死物的时间完全不同。也许所有的时间像不同颜色的果冻块一样压在一起，填满了整个世界。

也许，他就是这样推着不安分的时间粒子们前行。把食人粒子一个个推进地下，让致密的麟铜矿藏困住它们；又挑出了最适合的一个，送到向羽村内外，为这个封闭的村庄打开了一扇窗……

也许，他还会在这个世界游走，母亲说那天我曾见过他，也许是真的……

那他最后去哪儿了呢？我被时间的长河拥裹向前，他却永远留在了过去的一个间隙里吗？那里还有没有死亡，还有没有希望？

不过没有关系，我马上就会知道了。

二十一

我把这些事讲给白振雄听，让他把空间泡即将出现的坐标告诉我，求他以后帮我照顾生病的母亲。

但是他没有答应。

"玉瑶，能想到这些你真的很聪明。不过去做这些事的应该是我呀。你知道吗，我从小在向羽村长大，是你父亲的牺牲才让我有机会走出去上学，才能接触到物理学的奇妙世界。我欠他的。"

"可是——"

"还有，经过这次考察，你的天赋远在我之上，更适合带领团队研究时间粒子。我有预感，在未来，你会用时间粒子这个有力的武器彻底击败距离，让人类走进一个崭新的纪元。想想吧，再也没有旅途的劳顿，再也没有等待的艰辛。每个人都不用再在空间转换上消磨时间，这就等于扩展了自己的生命。这不是你最想要的世界吗？"

"可是——"

"还有，今天早上给你拍的那张照片，是我……是我见过最美的人像。"

他捧住我的脸颊,轻轻吻了上去。

"不要为我难过。如果你的假设没错,我不过是像你的父亲一样,永远留在了此刻。"

在众人惊讶的目光下,白振雄打开后窗,敏捷地跳了上去。

我哭着跑向他,但他只是回过头冲我笑笑,便纵身一跃,轻盈得好像一只飞入雨幕的大鸟。

然后,他永远消失在泥海里。

二十二

小屋终于还是扛住了风雨泥流,时间粒子也没有到来。

赵叔的尸体不久之后被发现了,死于山间飞石。据说他深耕山区十年却无法迎来升迁,对我的到来一直抱有敌意。

这些都无所谓了。

我不知道白振雄那天看到了怎样的风景,但向羽村的通道又回来了。不仅如此,贵州数百片山区附近都出现了足以运输卡车的民用超距通道。我知道,都是他的功劳。

母亲病好以后,我把她接到扬武休养。

这里,我们都曾在时间里丢失挚爱,这里,也会是一个崭新时代的起点。

"遥远"二字,将在此地彻底终结。

纸闭

靓灵

作者简介

科幻作家,科技行业从业者。擅长在宏大神奇的设定中表现人类的温情。代表作品《黎明之前》《落言》《珞珈》《绯红杀手》。

一

若非命不久矣，孙裳不会病急乱投医。

来时车在山路里开了大半日，好几次都收不到信号，按理说这个时去走国道都够出省了。一路山高桥多，不知名藤蔓从几百米谷底沿混凝土蜿蜒至大路，大小路牌形同虚设。孙佳哭累了在一边睡着，不知道几时会醒。孙裳正一筹莫展时，一座八角鼓楼隐约出现在视线的最远处，近了再看，鼓楼的下半侧不知被几时的崩滑埋进了土里，轴线也歪了。

孙裳的历史不好，看不明朗鼓楼的年代和风格。这楼荒废已久，窗棂红漆剥落大半，早已看不出原先贴着玻璃还是窗户纸，木头腐朽后大概是生过了几轮蘑菇虫蚁，蚀出的孔洞黝黑中隐约泛着暗彩色泽。青苔勃勃，没有野花，估计是角度原因，阳光照射不到。爬塔的叶子越向上越从深绿转红，最高的爬到中上部也停下来了，留小半截塔顶，被雨打得褪色。

塔边落了一丛枯叶，不算起眼，转头再看已不见踪影。找寻半圈，棕色蝴蝶群停在挡风板副驾一侧，再一眨眼原来是些秋蝉蜕，风一撩也就消失在转瞬间，但现在明明是盛夏。

远山崩落。她知道是到了。

车停在石桥头，对面贴山有屋，后面的路只能走过去。孙裳走到吊桥正中等了一阵，游师傅一身苗人打扮，从另一头走来，与孙裳相对站立。吊桥摇晃，绳索扶手上，鱼骨刺沿麻绳脉络绕圈分形延伸，触碰上去却不扎手。

游师傅先开口:"你面色不好。"

"肝病,医生说积极治疗最多也只能活两年,我办了出院。"孙裳不瞒。

"外面的传言有夸张,我非神医,只是个造纸的手艺人,你的病我无能为力。"

"不是看我,"孙裳侧身看向桥头的车,"她叫孙佳,是我妹妹。"

副驾驶座上的女孩约莫十岁,刚刚睡醒发现身处陌生环境,警惕、焦躁。

孙裳视线焦距放远,看见半人高的身影从游师傅身后远处的门缝一闪而过。看来这里确实有别的孩子。其他孩子的存在给她增加了一分信心。见男人不言,孙裳奉上备好的礼金。"这里是我全部的积蓄,照顾一个孩子绰绰有余,多出来的都是您的。我已经无路可走,听说只有这里能治好阿斯伯格综合征。"她看见男人眼里闪过悲悯,听见一次深呼吸。他说:"进来吧。"

背过身去走了几步,游师傅又停下步子转回来说:"不是治好。我什么都不能保证。"

二

孙裳有时候会认为,妹妹的出生有一部分是自己的错。如果她更按父母的意愿发展人生,可能他们就不会寄希望于再生一个孩子了。

就像今天这样,孙佳执拗暴躁地不肯下车、不接受新的环境、不和初次见面的游师傅说一句话,这些都是预料之中的状况了。阿斯伯格综合征的孩子性格通常都刻板局限、交际困难,对一切陌生的东西感到紧张。

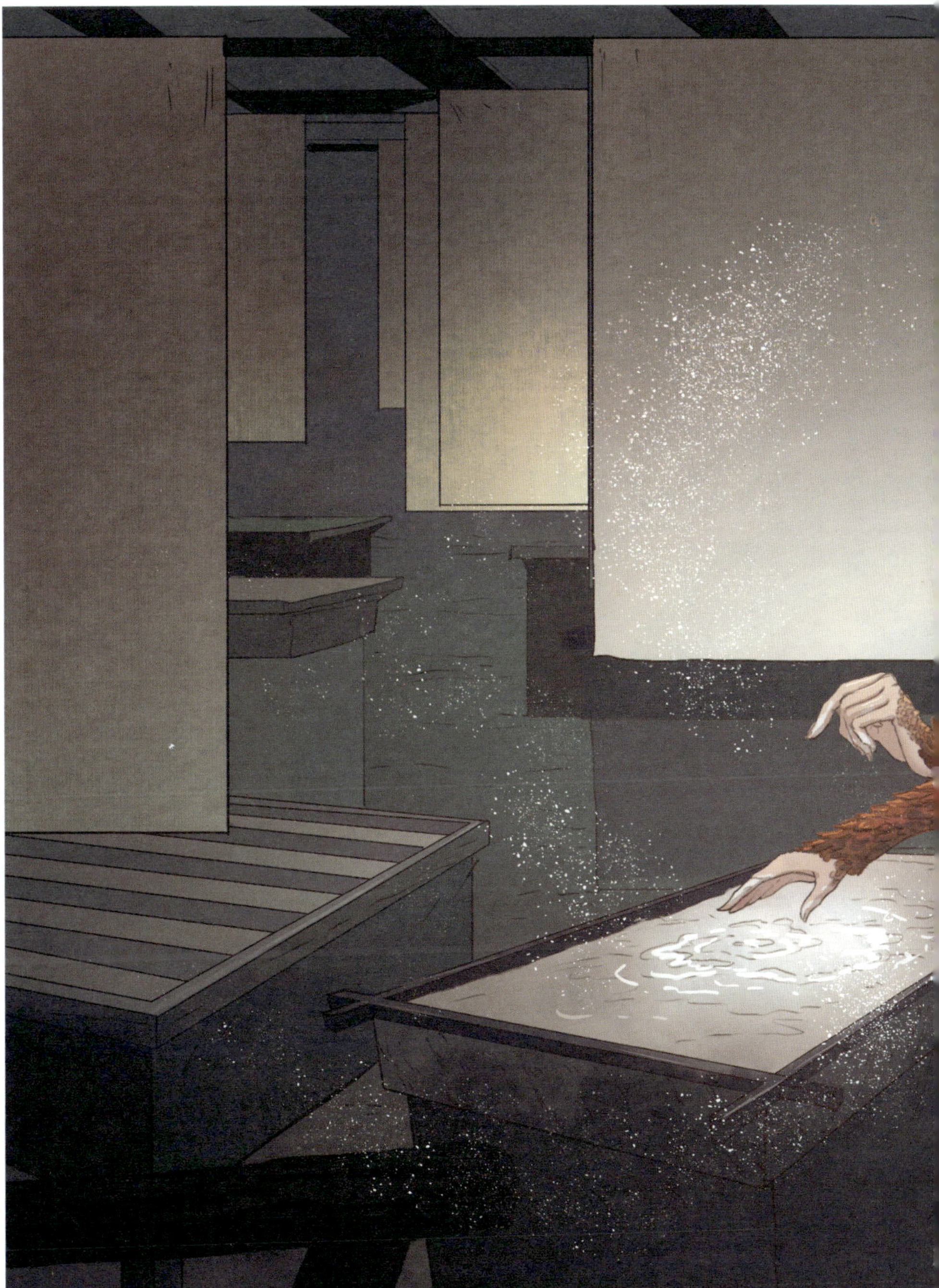

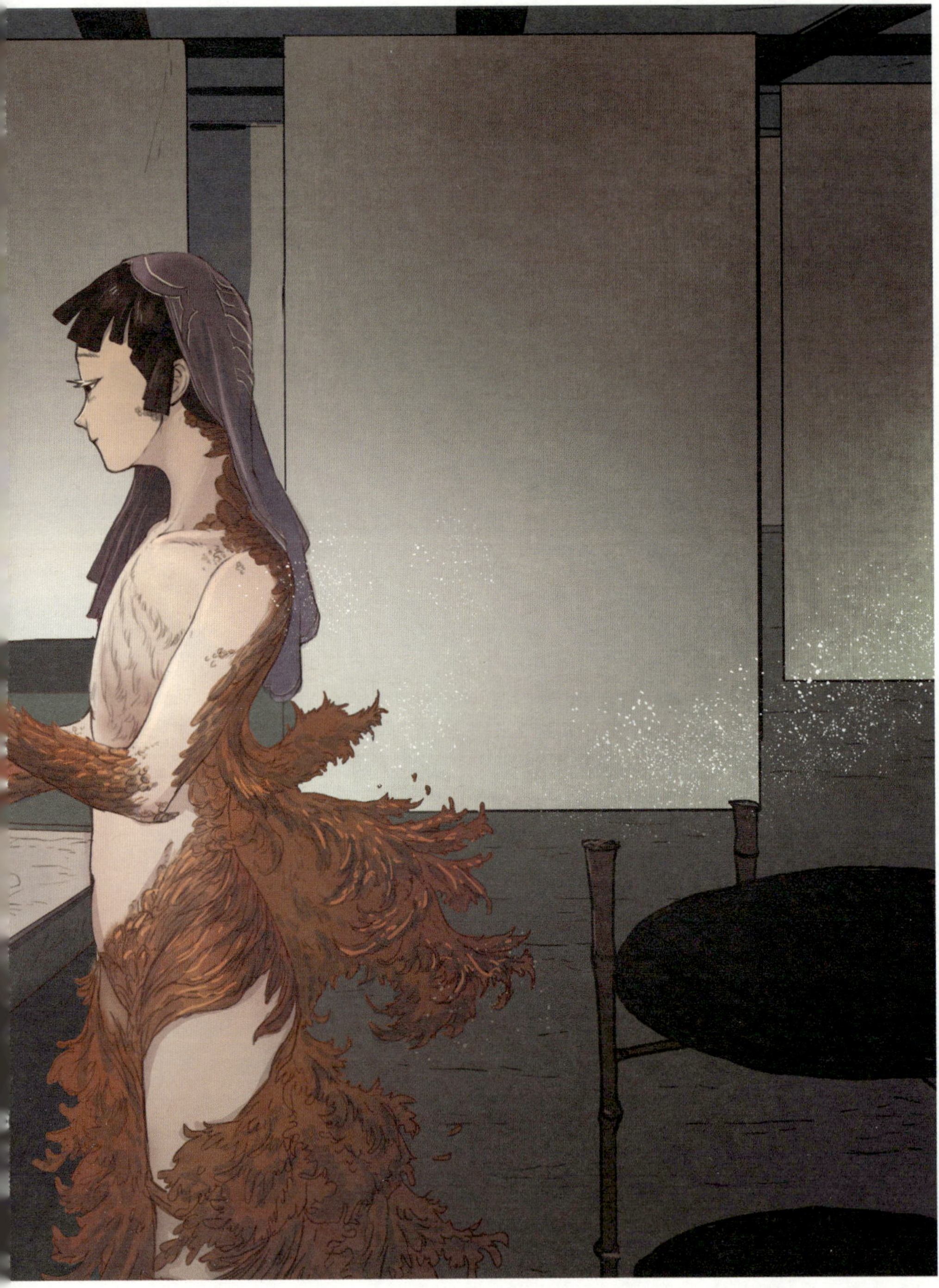

好在孙佳爱画画，在游师傅表示能带她去找画画的纸之后，孙佳才勉强愿意跟他去了。孙裳窘迫，觉得给游师傅添了不少麻烦，游师傅倒是不以为意。

安顿好妹妹，孙裳歇一口气，撑着消耗过度的身体往住所走。虽然是老旧工厂宿舍，但长长走廊上听不到人声响动，还是有些阴森。好不容易按号码找到房间，推门进去是普通的旧宾馆摆设，上白下绿的90年代涂料墙仿佛被时间忘却。搪瓷脸盆磕碰出几个豁口，摆在黝黑榉木架子上，再旁边是唯一一张书桌，桌上有一本纸书，纸张粗糙，封面无字，只有一朵百合花。

走近细看，才发现了百合不是画上去的，而是干燥缩水后压扁的真花，被毫无规律的纸纤维纵横包裹在中间。封面并未封边加工，也没有夹层，是一张独立完整的纸。这张纸造出来时花就在里面了，而非后来加工上去的。

孙裳触摸到手工造纸的古朴美妙，想要翻看其中的故事，打开发现书页中有图画和汉字，但书页是松散的纸页，并未装订。她也不管那么多，直接读了起来。

　　……他正面握住公牛的角，对牛表示感谢，而后挂在因雷电而死亡的树枝上，接受月光的洗礼。一日，他成为一座最小的山丘，牛来食他。他的同族躺在山顶，变成青草。

　　他说，这不够，而后赶走了牛，再接受月光的洗礼。二日，他成为一座稍大的山岭，牛来食他。他的同族躺在山腰，变成细菌、辉岩和树木。

　　他说，这不够，我们要和这星球变得一样才能生存，而后赶走了牛，再接受月光的洗礼。三日，他成为一片延绵的山脉，虫鱼牛羊都来食他。他的同族躺在山脚，变成河流、云雨和人类……

　　……少女将凤凰的羽毛留在树下，滴上自己的血液，羽毛与落叶便化了纸……

　　孙裳往回捻了捻书角，确认自己并没有漏页。也许这些书页的顺序是错的，或者缺页了。不过她也不太在乎，撑着眼皮继续读下去。

　　……造纸人便试以树皮或竹这类易获取的植物纤维代替，工艺相近，都是粉碎原料、过水打浆、于纤维夹层之间滴上血液，如此制出的苗纸可成无笔之画……

　　困意盖过了孙裳对这些碎片故事的浅薄兴趣，她便睡了。

三

　　即使在石桥村住了几个星期，孙裳仍然常常迷路。她已经辞掉工作住在此处，在灶房帮工。她从没见过游师傅之外的成年人，倒是有些孩子会趁她不在时到灶房找吃的。那些孩子在夏天也常常穿着完全遮蔽身体的衣服。

　　孙裳坐在灶房的角落，因为高温与胸痛而大汗淋漓。她拦住一个溜进来的男孩，问他是否感到炎热。

　　男孩这才发现灶房有人，拼命摇头，孙裳看见他的眼睛突出，瞳孔细长鲜艳。他突然向侧面伸手，抓住了桌腿上歇息的绿蟋蟀快速塞进嘴里，手背翠绿有斑纹。在孙裳恍惚时男孩绕过她向外奔跑，扑通一声从走廊朝河的一面跳了下去。孙裳吃力地追出去，河里没有人影，好像从来没有人来过。

孙裳沿着栏杆走到河边，正午太阳高，万物生长。房屋依山而建，好像是山壁的一部分，下面是水，对面是山，背后也靠着山。这里的山好像是会变化的，害得自己总是迷路，网络信号也完全没有。即使用石头在地上做路标，第二天石头不是消失就是偷换了方向，想必也是这里的孩子们干的，只是自己很少能与他们正面对上，所以也无从询问。

不知道妹妹是否交到了朋友，孙裳想。

孙佳比孙裳想象得更快适应了新环境，这对自闭的孩子来说是极为难得的，仅仅数周以后，孙佳已经能够每天独自跑到河流边固定的地方画画，保持安静一整天不哭闹，到了晚间再回到住所进食。

孙裳专心聆听河水声，忘记了时间。

那男孩让孙裳想起孙佳从学校带一只青蛙回家，却被父母大骂。

妹妹生下来就有自闭症，五岁确诊、八岁差点儿被父母送进自闭症儿童疗养机构，被孙裳拦下来了。

但孙裳自己也泥菩萨过江，肝病缠身，无力转圜。石桥村已经是孙裳跑遍所有地方求医之余最后的希望。很多个身心疲惫的夜晚，她在内心不断叩问自己，父母都不管孙佳，她为什么要管？但又总觉得内心深处放心不下，并对自己产生那种念头羞愧不已。

出神之间，孙裳已经找到独自坐在河边的孙佳，她正捧着一张纸。孙佳的头发好像长长了，孙裳一时眼花，觉得那发尾好像长进了草地里。

孙裳看着妹妹单薄衣服下瘦弱的肩膀线条，觉得她好像更瘦了，而且更加安静，连以前在人群中不安时的哭泣声也少了。像一片单薄的落叶。

小女孩手里捧着一张纸，纸张上的颜色还在晕染变化，尚未干透。但是她身边，却没有任何涂料笔墨。孙佳知道姐姐来了，并不张嘴打招呼，而是把手里的画递给孙裳。孙裳早已习惯这种无声的交流，也自然地去接画纸。

就在她拿到画纸的时候，颜料干了。

与此同时，孙佳尚未收回的手臂上，皮肤像干燥的泥土一样碎落，露出里面白色的交错纤维。

四

……数百年后，黄龙公征战，苗人来不及藏避，难逃一战。

苗族尤公以战神称号闻名，以非人相貌面见黄龙公，未带一兵一刃，只带了一张苗纸。

黄龙公从未见过纸，以其远见深知"纸"的作用巨大，可将信息散布于远处、可藏密文于人前，而且苗纸使用起来轻巧方便，不需要锥锤雕刻、也不需要涂抹给色，只需以指尖触碰，脑中画面则自然呈现，三岁小儿可绘日月爹娘、三十熟者可临山河社稷。这等宝具黄龙公当然想据为己用。

尤公代表族人拒绝了为黄龙公造纸的要求，坦言族人只想耕田养鸡、安居乐业、衣食着落、家人团聚，没有发展壮大或为人打工的需求，如果黄龙公放他们一条生路，他们可以留下一些苗纸。这等一锤子买卖黄龙公当然不答应，他斩杀了尤公，将苗族人举族追杀至西南无毛之地。无奈之下，苗族人退让一步，派出一位时年五百岁的造纸大师与黄龙公面谈，指着一处崩落的山石，解释山石的自然崩解，又调转手指指向一处凸出山岩，与黄龙公签下一石契约：那块山石自然崩落时，如果苗族人安然无恙、未被黄龙公及其追兵所灭，则苗族人派出一人，在其子孙中散布造纸术。

五

　　石桥村的隧道山路常把孙裳引到意料之外的地方去，这对于一个时间不太充裕的人来说尤其残酷。有些时候她想去找孙佳，却只能在无尽山洞里一直行走，绕到天黑又回到原处；有些时候她想去找在灶房里见过的男孩或者别的孩子，却被困在各种各样的石桥上来回穿行。也有些时候，她不想寻找什么了，却意外会碰见。

　　她站在造纸房门前。

　　"你在找我？"游师傅不回头，对背后的人说。

　　"你对孙佳做了什么？"孙裳对正在捞纸的游师傅说，"她浑身脱皮，但不觉得痛，呼吸也虚弱。她比以前更沉默了，而且脱皮后的皮肤上开始浮现一些……痕迹。"

　　"她在选择。"游师傅放下木框，在纸浆里摆上斗鸡羽毛和褪色绣片，"自闭的孩子也有自己的想法，她只是难以和平常人处在相同的频率之中。她蜕掉的是旧束缚，是世界强加给她的负担。如果她长出人皮，就是选择了回到社会。祖先保佑她。"

　　"还可能会长出别的？"孙裳气若游丝。

　　游师傅停下手中的话，木框里的纸浆不知道什么时候已经干了，羽毛藏在白雾之中失去细节。

孙裳从怀里取出孙佳的画。"这画会变化。"她说。

"万物都会变化。"游师傅平静地说。

"我是指那种，不是一张画应该有的变化。一张画应该是静止的，这张画在孙佳手上时，图形会弯曲。我亲眼看见她拿着白纸，没有用笔，纸上就有了她以前房间里的家具图案。线条颜色抽象，但我能认出来。"孙裳尽力不被咳嗽的冲动打断，"而且我做不到。这张纸在我手上，就是一张纸。"

游师傅盯着纸浆漂浮的水槽想了一会儿，让孙裳到桌边等待，自己则把刚做好的纸从捞网上撕下来。

新纸水汽刚尽、尚未裁剪，正好铺满桌面。他未执笔墨，气定沉思半晌，伸手触及纸沿，一抹靛蓝从纸下蔓延开来，涂满全纸，好像给木桌铺了蓝黑的蜡染布。游师傅移动手指至苗纸中央，一座八角鼓楼般的建筑从指间处在纸面里缓缓生长，楼中上下层叠，探头出来了许多怪异之物，有的无头、有的无脚，有的拥有过多手脚、头顶牛角或长着镰刀般的复肢，有的身着锦鸡飞舞的红衣，半个身子探出楼外好似要御空飞翔。这些人的动作栩栩如生，但一个个钻出画面后就不再动弹，整个绘画过程好像平面动画播放一般。

整个过程都在苗纸上自然完成，游师傅所触之处皆出现新的图案以覆盖旧的。尚未能一一把怪人看个仔细，孙裳注意到这些人的面目又模糊起来了，原来是八角鼓楼和众人的表面覆上了一层青苔，青苔渐渐肿胀攀爬变成大树，很快楼就失去了形状，变成一座悬在蓝色星空中央郁郁葱葱的大山了，那山和塔的形状与来石桥村路上所见的很是相似。

游师傅作画完成后，向目瞪口呆的孙裳解释苗纸的指触成画。孙佳每日在河边就是手捧这样的纸画画，只要运用得当，绘者心中所想可以毫无阻碍地铺陈在画纸之上，因此十岁孩童才能够超越手上技艺创作图画。孙裳打心底里不信这世上有这样的东西，所以才用不了，而孙佳虽然对人类世界封闭，却对着自然世界打开自己，所以能接受和运用纸的变化。自闭者来到石桥村，也正是这样创造自己熟悉的东西，来加快接受陌生环境。

孙裳姑且相信游师傅的话，问他为什么将这份技术藏于深山，不广而告之于天下。游师傅坦然表示，苗纸的秘密一旦传出，这片地方将很快被蜂拥而至的人群踏平，到那时就只能再寻别处了。他望着轮转房间一圈的蜡染苗族迁徙图说，苗人不想再走了。

至于孙佳，游师傅说，不用担心她，她能听到祖先的召唤。

六

苗族人在西南远土，以勤劳对抗着土地贫瘠与自然灾害，艰难生存下来了，他们逐渐变成山川、河流、生物，也有的拟态成人类。除了极少的造纸手艺人，其他人已经不再知道自己的外星身世，当年的飞船也被忘却在一处山谷，逐渐成了山的一部分。

一天山石崩落，苗族人如约准备派造纸师傅游氏族人去中原领土广授造纸术。但这时苗族人才发现，造纸术中于纸纤维夹层之间滴上血液提取物这一步，在地球人身上是不适用的：苗星人体内解构传递信号的物质，在自诩万物之首的地球人身上是没有的，地球人中的大多数不屑于与他者沟通。

如果此时公布真正的造纸术，则势必要提及血液提取物，数千年来苗族人为隐藏身份、融入地球所做的努力都会功亏一篑，而且苗族很可能会重新成为别族征战与侵略的对象。但如果不传造纸术于天下，又违背了当年与黄帝签下的石约，部族的领袖断然不会接受，这两项里无论哪一个对苗族人来说都是致命的。

为了不泄露血液与种族的秘密，游师傅去掉添加血液提取物这一环节，离开村落去往中原，在民间散布了其后数千年逐渐广为人知的造纸术：取植物纤维粉碎、入水、打浆、捞纸、阴干，如此造出的纸虽然只能以笔蘸墨一笔一画书写，但也比此前的竹简、皮革、布料、甲骨都要方便好用太多。他满心以为纸术的流传将对人类文化的发展起到巨大的作用，也许人类会进入文明社会，从此不再战争。

苗族人仍然造苗纸，但为避免向外流传，数量上也逐渐减少了。手艺人先后寿终，他们之中唯一长寿的那一位，没过多久就成了最后一位知道指触成画秘密的人。

而这位造纸手艺人，他的拟态功夫已经出神入化……

七

孙裳几天没有见到孙佳了，再见时她正坐在石桥上，衣服与身体都泛出牙白色，薄布料下的背部浮现若隐若现的凸起。孙裳在她身后，听她吃力又微弱的呼吸声，想要拥抱她或者带她去山下的医院，但对自闭的孩子来说，身体接触是不可接受的。

孙裳想要上前去帮她时，多日未见的细瞳男孩突然跳出来挡在她面前，对她摇头，然后又兀自走到孙佳身边。本以为妹妹会受到惊吓，没想到孙佳只是把尚未完成上色的纸递给男孩，两个孩子一人牵着纸的一角，色彩继续在纸上滚动变化。

他们在用一张画交流吗？孙裳浑身战栗，这是自己好几年都没有做到的事情。

她蹲在地上，悲喜交加，在她生命的最后一程，孙佳正在打开自己。

平复心情以后，孙裳再去寻游师傅。

"桌上的书你读了。"

"那书残缺了。"孙裳调整气息，"我妹妹……她在变化。"

游师傅将湿手指伸进纸浆之中，抚摸纤维，说："还有几页在我这里，你读完了就明白了。"

在游氏广布造纸术与天下的百年里，族内的苗星人新近出现了变化：彼时苗星人中选择拟态人类的那些，大部分已经身心都很像地球人，他们以地球人的形态和建立在人类发音基础上自创的苗语生活，也可以毫不引人怀疑地与地球商贾易货，但有少数新生的孩子却突然出现了拟态人类失败的情况。有些孩子用尽全力也无法学习人类语言的发音和写法，有些出现了器官数量上的错误，有些虽形似常人，但从生下来就无法接受任何人形生物靠近自己。

这批孩童的降生，苗史称返祖潮。苗族中有学识的人说，只要苗星人的物种尚未改变，这种低概率偶发的拟态失败状况就永远不会消失；但是除了一小部分功能不太像人类的以外，返祖者的其他仿人能力大抵仍然健全自洽，个别功能偶见超越平均水平。比如不能说话的返祖者中，有数者用苗纸绘图，其成图艺术性比完全人化的苗星人有过之而无不及；又比如不愿意靠近人形生物的返祖者中有数者，只要让他们完全独处，就能以几倍于常人的效率耕田喂鸡、织布蜡染。

　　藏身于地球人之中的苗星人一旦暴露身份，按照人类对待异类的惯有态度，失去宁静生活就只是时间问题。在这时手艺人返回村落，领导者又从其转述中知道了人类领土扩张、人口增加的能力，结合和在此之上的文明发展速度，他们预见到了一个内忧外患的未来。可是苗人已经无处可去，苗星飞船只剩空空骨架埋在山中，人类的车马船只却一天比一天结实了。

　　领导者做出决策，全族绝不能暴露身份：收留疑似返祖者的人类，让他们在石桥村被祖先包围时，自行选择以人类或苗星人的身份活下去。

　　既然要放出消息接收病人，就势必要与人类有接触，苗纸的存在仍然有暴露的隐患，因此焚毁当时所有的指触苗纸画，以后苗纸再产，只给返祖者用，其他苗族人只能与外族人类一样，一笔一画书写。万千苗纸画卷在石桥村最高的山顶烧了七天七夜才被大雨扑灭，山雨过后山崩泥滑，又过整整一季人们才重新找到上山的路，苗纸的灰烬早已经冲刷入山川河流，从此再无迹可寻。苗族人生活中所有的工具，也与其他地球人无异了。

　　文化的断层看似山河阻断，但通常都会在岩缝处淌出细流。苗人不习汉字，以形思考，旧时擅绘无笔之画，新日里比起识字书写，也更愿意用图形记录或创作。

　　他们的歌谣和历史故事逐渐在口口相传中失去本来面目，但雕刻刺绣的图形却在相隔百里的不同村子里保留着相似甚至相同的面貌。苗人对图形的记忆与构筑能力没有跟着苗纸一起消失,后代的百世千秋苗人在蜡染、纺织甚至构造木屋梯田这类活动中都能窥见其历史习惯之一二。

几千年来,苗星人中虽然常有完全融入人类社会、不再返回苗族村落的完全拟态者,但他们的后代还是有概率出现与地球人类沟通不畅的返祖现象。虽尚不能调查,但游氏猜测这人世间与他人格格不入者,大抵都是有苗星人基因的孩子出现了返祖现象……

孙裳放下书页,游师傅明白她开始相信了。

"我的妹妹是苗星人吗?"孙裳问,"她还能治吗?"

"为何一定要治呢?"游师傅反问,"你希望孙佳开口说话,是想要她融入社会。语言是人类的交流出口,文字、音乐、图像、动作、眼神、体征等千百种互动方式,皆是不同频段的人类语言,但人类个体常忽视的是,他们要在相同的频率波段内才能接受到别人的信号、顺畅交流。万物皆有语言,有人看见一块石头时会想到它重三百斤,有人看见同一块石头则会想到三百万年的形成历史,这都是石头的语言,只是人脑内匹配的翻译机制和频道不同,接到的信息才有了区别。自闭症的孩子在人群之外才能安静下来并非智力不足,而是难以与世人调到同一个频率上。这世上的人大多染了一种名为'正常'的病,不能接受与大众不同之人。这种病所到之处大肆传播,与集体不同之人,要么受洗一段时间也染上同样的病,成为'正常人'的一员,要么在孤独之中无处可去、徘徊痛苦,自闭者就是先天如此。苗星人用尽全力拟态人类,就是因为深知人类对异族的态度。话说回来,苗星人对人类而言实为异族,但人类自己又什么时候成为过同类呢?让孙佳百般辛苦披上人类的皮囊,回到气氛即等于规则之处八方碰壁,真的比让她关上耳朵和嘴巴独自画画更好吗？一种人生比另一种人生好的这种判断，应该由谁来定论？说到底，什么才是病呢？"

游师傅一番话说得孙裳哑口无言，便取出一张苗纸递给她。孙裳拿到苗纸，前半生的痛苦与不甘沿着指尖流淌到纸上，她自己也有不被理解的童年，也被要求丢掉画笔背诵数学公式、做些正常人应该做的事情，可自己就是办不到，现在又轮到妹妹来吃这份名为"别人都"的诅咒。苗纸上色彩旋转定型，画中央是长大成人的孙佳，坐在孙裳辞职之前的办公室里做着她的平面设计工作，她的身边漂浮着鲜花与认可的声音。孙裳的眼泪淌出来浸湿苗纸，她终于明白一直以来希望的，其实是妹妹能够去享受自己无力享受的、幻想中的美好未来人生，去赢得自己从未得到过的肯定与认可。这种强迫式的愿望与放弃了姐妹俩的父母又有什么本质区别呢？都是自己做不到就强加给更年轻的孩子罢了。

孙裳抚过纸沿，锐利的苗纸划破了她的手指，鲜红色的疼痛在指肚上渗出来。成为痛苦的人类和快乐的非人哪一个更好？妹妹的命运应该由谁来选择呢，不像人类的她自己？像人类的姐姐？还是更像人类的父母？

十指连心。

八

孙裳感到自己时间不多了，日夜在石桥村中失魂游荡。她开始看见一些以前绝不会相信的景象。他看见初来时崩落的山石已经长回去了，溪水在无人的洞穴壁上横流，她看见雨水落在槐树与柳树桩上，生出鱼尾的蝴蝶与斑纹树皮，她看见月光下的山顶上有光怪陆离的剪影舞蹈，悠长苗歌敲打无星黑夜。石桥村好像自己会生长，纤维状的山水和祖先的记忆混乱交叠在一起，修复新时间的伤。

最后一次看到孙佳的时候，孙裳几乎没有认出她来。这个仍旧骨瘦如柴的女孩正在游师傅曾展示过苗纸的造纸房中，动作生疏地用绑了纱布的木框练习造苗纸。她的手与小臂上覆盖着有光泽的鳞片，从纸浆中出来时不沾一滴水，上臂和背部则生出鲜艳斑斓的红羽毛，一直向下披满全身。有些羽毛末端还挂着干涸未落的纸壳，像一只雏鸡尚未完全踢开蛋壳。她一遍又一遍寻找合适的捞纸厚度，有时候捞得太慢，堆了过厚的纸浆，她就捡起来重做。她像所有自闭症的孩子一样享受着重复单调的动作，脸上别的五官都变得有些模糊融合了，唯独眼睛澄澈如旧。她看上去平静又快乐。

孙佳对环境变化的感知敏锐，她早知道姐姐来了，只是不回头去看。孙裳也知道妹妹知道自己来了，只是不开口去问。她们看着同一池纸浆，相对无言，如同一对互相纠缠又互不搭理的量子，这就算是打过招呼了。靠复制基因长出的树皮离开树，暂时地死去了，被制成了纸，又被用来复制人的话语念想。承载历史的碳基物质是纸也好脑也罢，暂时地死去了，被制成了灰碳，又被用来复制山水间的生灵。千万的植物纤维和万千的片语只言，不知哪一个交织堆叠得更复杂些。

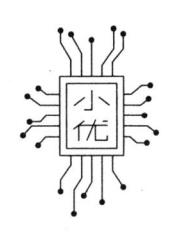

你的每一句话都是双重编码

糖匪

作者简介

美国科幻和奇幻作家协会正式作家会员，上海作协会员。出版短篇小说集《看见鲸鱼座的人》，长篇小说《无名盛宴》。十多篇小说陆续被翻译到英美法澳日韩意西等国家发表，两次入选当年美国最佳科幻年选。《熊猫饲养员》被选为Smokelong Quarterly 2019年度最佳微小说。同年《无定西行记》获美国最受喜爱推理幻想小说翻译作品奖银奖。《孢子》于2020年获中国科幻读者选择奖（引力奖）短篇小说奖。

除小说创作外，也涉足文学批评、诗歌、装置、摄影等不同艺术形式。书评人，评论多发表于《深港书评》《经济观察报》。

怎么能逃过车载智能系统的监视，从一辆疾速飞驰的车上逃出生天？

毫无疑问，这辆车已经疯了。

我想吐，一半是因为车速，一半是因为恐惧，可能还有一半单纯来自恶心。不知道什么时候车里充满了一股刺鼻的金属味道。司机可能不知道他的口气有点重，破坏了我大脑的供氧系统。我开始晕眩，分不清是幻觉，还是飙驰出租车上乘客的真实所见。我试着悄悄摁下开窗按钮，车窗纹丝不动，动手去摇，发现车窗已被锁死，咬牙切齿地使劲也打不开。如果现在尝试开门，说不定会遭到电击。即使大脑出于轻微缺氧状态，我也深刻明白到只要在这辆车上，小优——这辆车的智能系统，主宰一切。我们的一举一动都被小优看在眼里，她不存在的眼睛无处不在。

没有她的允许，我就下不了这辆车。

这辆车已经疯了。

司机丝毫没察觉到异常，沉浸在自我表达中，近乎欢快地描述他如何消沉，如何只用了半年就滑到人生谷底：闪婚闪离，做生意赔本欠下巨款，变卖所有家产，还一部分债，剩下的钱买了这辆配置小优的车，开始跑车送客人，吃住都在车上。他的故事已经落入俗套，既陈旧，又不可信，措辞和结构有拼凑感，像是被输入了地摊异质小说的集合体。

我一定也疯了,生死危急关头居然忙着判断别人口述经历的虚构成分和内容质量。现在最该知道的,难道不是如何逃出这辆车吗?

怎么能逃过车载智能系统的监视,从一辆极速飞驰的车上逃出生天?

比如说服司机,在不惊动小优情况下。

那几乎不可能。就在不久前,他刚刚说过——

"在这个世界上只有小优最懂我。"

司机说这句话的时候,一个急转弯,幸亏安全带紧紧抓住我,路边风景从眼前疾速而过。我们正在聊挖虚拟币的事情,确切地说,是他在讲那几年的沉浮兴衰,从没遇到过一个人像他那么倒霉,所有看似正确的选择都在最后关头反转,急转而下,简直是故事集里才有的传奇,我听得入迷,没有注意前方岔路口——或许他也没注意。

在听得最兴起的时候,他突然转弯,冷不丁丢出这句话。

小优是谁?我差点儿就问出口了。幸好及时想到那是庖丁车载系统里的人工智能。隐隐觉察话题可能的方向,我沉默了。他看我不接话,于是自说自话讲起来。

我怀疑这才是他真正想要吐露的故事,从车发动起那一刻,或者更早,从机场接客点殷勤地替我把行李放进后备厢开始,就已经酝酿起来的。

我也怀疑,他能够洞察我的心思意念。这个蜷缩在软塌塌制服里的男人比看上去要敏锐很多。

我还怀疑——某种程度上,在上车后半小时听他讲创业经历时流露出来情绪起伏,已经让他多少知道了我的软肋——好奇心。

不管怎样,他一旦决定开始,就不打算停下,就好像这辆高速公路上的×××,如果中途停下,只意味着灾难。

你知道吧，我现在其实也不是一个人。女朋友和我不常见。我们是初中同学。当时我和我的好哥们儿三个人一直在学校很有名。班上另外有三个女的，特别出挑，长得挺好看，也喜欢玩。我一个哥们看上其中一个，于是我们三个和她们三个就一起出来。玩着玩着，不是，那时候我没有和她在一起。我和另一个女的好了。我哥们和他追的女的在一起，剩下两个就落单了。但她还是跟着我们一起混。

天空突然下起倾盆大雨
恋人在屋檐下相偎相依
移动我的脚步轻松躲雨
人潮拥挤握住湿热的手心

陈绮贞的歌声从车载音响里缓缓流淌而出，填补司机话语间的停顿，几句之后渐渐转弱，成为背景，与车子里散开的雨水气息融合一起。

我想起来我曾经很喜欢这首《小步舞曲》，当然还有那部老电影。男演员的名字忘了，只记得自行车和笑容。青年时候的司机大概不会骑自行车。至于笑容，每个青年在初恋时笑起来都应该差不多。许多年前的老电影里，那些穿着套头毛衣白衬衫的男孩子，神采飞扬，意气风发，整个世界都如同他们脚下蹬踏的自行车，下坡时俯冲而来的风景，而身后永远跟着他们喜欢的女孩。

她那时候好像也没有所谓。反正都是男生买单，一个人就跟在我们后面。其他两个女的都是长头发，娇娇小小，她个子高，又是短头发，平时穿着校服，和我们出去时经常被当作男的。两只手插在兜里，不怎么说话。那时候她的下巴很尖——现在也很尖，那时候更尖。年轻嘛，轮廓清晰。鼻头也是尖的。眼睛不是特别大，忽闪忽闪的。当时都觉得女孩子眼睛又大又黑才好看嘛。她不是。她的眼睛黑是黑，白是白，刀切一样分明。她的眼睛，白的地方，看得人心里空荡荡，能起风，她的眼睛，黑的地方……

黑暗扑面而来，潮水般。等到眼睛慢慢适应幽暗的光线，才明白车开进隧道，而不是掉进司机的回忆里。他比我镇定。

我们去电影院的时候，我一边坐着当时那个女朋友，另一边就是她。那时候浑浑噩噩的。第一次接触异性嘛，你懂的。不过现在想起来，那个年纪不只是感情问题，在其他事上也一样浑浑噩噩。现在想啊，我当时要是好好读书，现在也不至于干这个。这车，其实有小优足够。根本不需要人来开嘛。听说新型号的小优前几年就已经研发出来。不过一直没投入生产。

司机腾出手，手动调节了一下安全带，刚才可能是系得太紧，勒得他有点难受。音乐适时响起填补他沉默的间隙。

　　我藏起来的秘密
　　在每一天清晨里

暖成咖啡，安静地拿给你

　　愿意，用一支黑色的铅笔

　　　画一出沉默舞台剧

　　　灯光再亮，也抱住你

　　愿意，在角落唱沙哑的歌

　　　　　……

┘

　　《不要说话》。卡拉OK的时候，我爷爷最喜欢的歌。司机点点头，似乎是下意识地和谁达成了约定。安全带已经调节到合适位置。他舒出口气。

　　其实，我要是聪明点，当时应该知道的。但直到很多年后我们再遇到，她亲口告诉我，我才明白过来，她原来喜欢我，所以默默跟着我们一起玩。看电影的时候是这样，吃饭坐位子也是这样，她虽然不说话，长得有点凶，但是我们几个都喜欢她。长辈也喜欢她。虽然她也翘课、鬼混、抽数字烟、喝电子酒。你说奇怪吧。说是她们村里做呐尤①，就喊她去。她每次都能成功入戏。

　　每年稻花开的时候，村里会请祖先。没有月光的夜里，颂诗人选几个小女孩在稻田边召唤祖先，如果少女有灵气，就能把祖先请进自己的身体，唱歌跳舞回答村民的问题。已经很少有人能入戏了。许多时候是白忙活，就像只做装饰的稻田一样。但她就是可以。大概她真的有什么不一样吧。

---

① 呐尤（苗语Nax yel）是"稻花魂"仪式的又称。——编辑注

车开出隧道，车窗外露出远山黛青面貌，连绵起伏，姿态变幻，我不禁走神。车窗缓缓下滑，湿乎乎的风打在脸上，有点醉人。我的神经中枢系统短暂宕机。

"你别慌。"

司机突然这么一说，我立马慌了，惊讶地发现座位扭曲成难以想象的角度，灵巧地将我从打开的车顶窗抬升出去。风猛灌进领口、衣袖和鼻腔，我就像面旗帜一样猎猎作响，并且随时可能会被吹跑。安全带真的结实吗？座位下的弹性合成金属真的结实吗？我身体各个部件真的结实吗？终于明白超高速公路上为什么没有人开敞篷车。我疯狂做手势要司机把我收回去。

"怎么样，上面看，风景是不是更好？小优太周到了，是不是？"

司机把我放下后殷切地等我加入夸赞的行列。我很想用实际行动告诉他，我也有那种能让人觉得空荡荡的白眼。但计算了成本后，我还是尽量礼貌地告诉他因为风太大，眼睛睁不开，所以没看到什么风景。司机有点失望。

"我的小优是老版本。"

我不太想知道他具体在表达什么。确切地说，我在尽量保持平静，不让自己在路上有太大波动。哪怕最低配车载智能系统都可以通过心率血压激素分泌来计算情绪曲线。所以我问了一个司机特别有兴趣的问题："她跟在你们后面，是不是也挺难过的？"

"你还想听下去吧。"

"当然。"

  按道理会吧。但我看不出来。她虽然不常说笑，但脸上总是浮着一层淡淡的表情，说不上是什么，大概就是冬天晒太阳的样子。她自己后来也说没什么。她说只要把她们三个女孩看成一个集合体，集合体是增益的、幸福的，她也就是增益的、幸福的。不太好懂吧，她其实挺怪的，我们后来都管她叫小巫女。不过只能我们几个人叫，其他人不可以。稀里糊涂中学毕业后，我一个人跑去当兵，其他几个人都留在老家，不是成了公务员，就是嫁了个公务员，还有就是辞职不干公务员，回家做项目编程师。等我回来，发现其他人都过得特别好，只有我几乎还在原地。最开始，大家都张罗吃饭出来玩，但真的约出来，都没有什么话可以说，也就是打打嘴炮，说说段子，回忆以前。很快就没什么可以回忆的了。说来说去最后就回到房子车子单位内部那点事，我搭不上他们的话。女的在的话，还会说说孩子。除了她，另外两个女的结婚有孩子了。所以她们其实没来几次。慢慢地，连三个男的也凑不齐。我真的松了口气。见到他们，我却没有话说，实在憋得慌。

> Trade the cash for the beef for the body for the hate
> and my time is a piece of wax, fallen on a termite, who's
> chokin' on the splinters
> Soy un perdedor, I'm a loser baby so why don't you kill me
> Soy un perdedor, I'm a loser baby so why don't you kill me
> ……

以前没听过这首歌，歌手歌名一概不知。但是没关系，不妨碍我觉得它好听，又这么烘托气氛。我偷偷瞥了一眼司机，那张脸毫无

你的每一句话都是双重编码　　147

破绽,我对自己说如果下次再出现这样的巧合,我就开口夸一下他的小优。

连续三天,我在同一条街上见到她。县城不大,所以在街上遇到熟人也不是稀奇事。最后一次,她叫住我,却不说话,眼睛直直盯着,倒好像是我有话要说。我不敢看她的眼睛,黑是黑白是白,刀切一样。我们在亚热带湿润季风区,你知道吧。"冬季风从大陆吹向海洋,少雨,夏季风从海洋吹向大陆,带来大量湿润气流,降水多。"她突然这么一说,把我说蒙了。我现在还记得当时身上湿漉漉的感觉。我张大嘴,也忘了慌张,呆呆看着她。语言系统被激活。我问她:"要不要去别的地方逛逛?"她笑了,问:"哪里,金瓜洞吗?"她当时在做导游,头发盘成髻,穿着我们族里的盛装,紫色绸衣青色长绉裙,一身闪闪亮的银器,丁零当啷地带各种外国团到处跑。被她笑着问去哪里,我脑子一热,肯定也有赌气的成分,就说和我一起去外地玩玩怎样,去不去?她的笑一点点隐没,好像一只小野兽消失在桫椤巨大的羽翼状叶片里。她用力看我,咬紧嘴唇。后来她说,她当时想问我是不是认真的。我说幸好她没问。要是问了,我怕我会改口。她说她知道。

"你们后来真的走了吗?"
"走了。去了福州一个小岛。一场说走就走的旅行。"

她说要去看海。我也没去过。我带她去了福州找我退伍的战友,被安排在海边一栋小别墅里的两个房间。她特别高兴,每天都去沙滩上走。我就跟在后面看她。其实和沉浸式体验里的海没什么区别，一点都没。不知道她为什么那么高兴。当然她高兴我就高兴。到那里的第二天，我给她买了一双名牌的脚感装置——一层皮肤膜，贴在脚底可以更敏感地感受到脚底下所踩物质的物理特性，同时摒除可能产生的痛觉。据说，贴着这个能根据沙子的粗细温度杂粒成分和动物蛋白质印记不同，靠脚感区分出地球上所有沙滩，脚感装置寄过来的时候是午夜了，她非要立刻去沙滩上试试效果。我没办法。只要她认真想要什么，我就没办法说不。我们开车去了风景最好看的那片海滩。她下车一路飞奔，长发飞扬，身姿婀娜，就像传说里的仙女一样。我每次闭上眼睛都能看到那一幕。在脑海里，她身着盛装，披着长发，银饰喧哗，又勇猛又绚烂，笔直地朝向深色的大海扑去。

她在被海浪打到前止步。装置不能沾水。她沿着海沫画出的白线走，走走停停。我跟着她，走走停停。走了几百米，她突然转身看我，我猜她是笑了。我踌躇着走近。她真的在笑，手一扬，她的高跟鞋被抛到半空中，划着弧线，朝我落下。我朝她喊，不用脱鞋，光脚会受伤的。她根本不听。

那天晚上真好啊。我提着她的鞋，跟在她后面，走了很远。她开始跳起舞，有的步子族里大家过节围着篝火一起跳过。还有一些动作，我从没见过。像是族里的传统舞蹈，但又不是。她告诉我稻花魂仪式的时候祖先进到她的身体，唱过歌跳过舞，她也就学会了。说着，她就过来牵我的手要教我。很简单。想成0和1，她说，再复杂的动作，只要分解成身体的几个部分，每个部分还原到0和1就不难学了。我忘记了害怕。心思荡空。

"你跳了？"

"跳了。在舞厅。"

战友打电话给我，让我们去玩。舞厅规格挺高，体验很好，都是特别时髦的界面。界面间切换特别顺畅，酒和装束发型配套。一杯酒下去，你就变成了另外一个人。她本来有点累，喝了两杯兴致高起来，陪我跳了一会儿，自己去台上跳了。她又把鞋子脱了，我猜那是为了感受舞厅地板上荷尔蒙和汗水的分布。她太招摇，和读书的时候像又不像，在人群里总是很突出，所以总是显得很孤单。那种，怎么说，你知道吧，轮廓感太强的人，永远不能融入人群。她就是一个人，还有偶尔进入到她身体里的祖先。没过多久，有个男的缠上她，一直粘着她。她玩得正高兴，没有躲让回避，她不会在意这些人的，也许根本就没注意到他，没有意识到那是个实体。但我看不下去，刚要起身，我哥们儿拦住我。他挥挥手。保安立刻现身，弯腰把耳朵凑过来。我哥们儿指指台上。保安会意，几步上台，抓住那人臂弯拖他离开。

"你哥们儿，是你战友？保安为什么听他的？"

"对，我战友。他是当地信息安全管理部的，权力很大，当地人都要给他面子。"

他就是在那晚丢了身体。我的意思是出了事。那个浑蛋小子不知道我战友的身份，对我们怀恨在心，喊了五六个人，埋伏在停车场。我们出来的时候被他们摆了一道。我先挨了棍子，眼前一黑，身体软下来，听到战友喊我，睁开眼看见他也倒在了地上。那帮人聚拢把我们围在中间，不怀好意地笑着，用当地话爆粗口，手上的铁棍敲得路面起火星。都什么年代了。我咕哝着爬起来，看了一眼旁边倒地不起的战友，目光锁死那几个最嚣张的，准备好迎战，怎么也要拖几个垫背。人墙忽然豁开一道口子。一个人疯了一样挥舞双臂怪叫着杀进来。

所有人都吓了一跳，除了昏迷不醒的战友。也许还有她。

双凤朝阳，喜鹊闹海，狮子滚球。这是男人当时喊的话。后来回想才明白他不是胡言乱语。不过这跟胡言乱语差别也不大。一大串乱码。

他的人围攻我和战友时，他去堵她。不知他哪个子系统崩坏，突然不管她，转过来冲到我跟前，而且背对着我。我不可能放过这个机会，近身擒住他，警告其他人别动，否则扭断他的脖子。我一步步退回到战友的车旁，混混们咬牙切齿步步紧逼。身后有人替我打开车门，又命令混混们把战友抬到前座，扒开战友眼皮瞳孔解锁车载智能系统，启动手动驾驶，发动引擎，最后提醒我关门。车开到第一个路口，我们丢下人质扬长而去。一路上，谁也没开口。沉默像车里坐着的第四个人，没办法让它中途下车。

酒精、伤口还有她的表现，在我体内冲撞。一股巨大的离心力好像要把我甩出固有的轨道。从中央后视镜能看到她的脸，真是不可思议，那张脸上平静得什么都不剩，黑屏一样。她太镇定了，应对得当，从容有序，时机拿捏得分毫不差，并且完全不以为然。这场风波，以战友昏迷告终，在她看来好像不过是小插曲，不值得大惊小怪。

我忍不住想，她平时到底在做什么？那份导游工作，盛装打扮,成天带着一群人往深山野林跑,能练就她这样一副钢铁般的神经系统?

> Cruise me blond, cruise me babe
> A blond belief beyond beyond beyond
> No return no return
> I'm deranged down down down
> I'm deranged down down down

醇厚迷离的男声流出,悬浮在车内黑暗的微小颗粒之上,那天晚上这歌声金色粉末般降下,飞扬,沾染到两个沉默人的眉梢和衣襟上。司机应声轻轻哼唱。然后他问,"喜欢这首歌吗?"

我乱了心神,侧耳聆听,歌声就萦绕在耳畔。它并非来自那个晚上,而是发生在当下。我们正听着这首很多年前的老歌。此时此刻。是小优不动声色地为我们选择了这一首老歌。

你喜欢吗?司机追问。我告诉他我知道这个歌手,他是那个时代的符号,现在仍然很有名,他的两只眼睛颜色不一样。这首歌是他当年为一部特别奇怪的电影写的。我滔滔不绝地说着,为了掩饰刚才的恍惚。司机并没有听。他着急要讲下去。

我不知道那天晚上怎么了,感觉有一辈子那么长,先是海滩然后是舞厅,最后在高速疾驰的车上,旁边还躺着昏迷不醒的战友。她开着车,驾驶盘在她手里,我也在她手里。衬衣下面被打的地方火辣辣地疼,疼痛蔓延到全身,几乎无法辨别是疼痛还是炽热。离子进出细胞膜，局部电流沿神经纤维传导。我就是台烧热的机器。中央后视镜里，她朝我看了一眼，视线交汇的瞬间，车不顾一切向前猛冲。地面的黄线箭一样直刺瞳孔。她把车开到最近的医院，我的伤势不算严重，但战友被直接推进急救室，消失在两扇不祥的大门后。她握住我的手说，不要紧，他的代码不会消失。那时，她的面容放光，在纯白的医院背景里，神秘得好像一个符号……

　　天空露出鱼肚白的时候，医生从手术室出来，告诉我们战友的情况不稳定，需要再观察，但是代码已经备份了，让我们不要害怕。他说，你的朋友不会消失。我应该错愕的，但我太累了。回到别墅的时候已经是清晨，天上大片的朝霞把房间都染得殷红。她带我进了她的房间，做梦一样。还没有一个女人能像她那样让我……彻底摆脱身为凡人的物质束缚，自由游荡在无限之中。你可以去任何地方，在任何时间，做任何事，你可以是任何人。

这个时候真希望小优能放首歌，哪怕只是发出点声音，可以冲淡这部分回忆的荷尔蒙味道。但她忠心耿耿，呵护着司机沉浸回忆的氛围。我看向窗外。外面的风景多少缓解了我一些尴尬。透过茶色玻璃，风景如同褪色的旧相片。无从判断时间。车上两个计时器和我的表不知道怎么的也都停了。我们走了多久？路上一辆车都没有，光反射在路面上的样子非常奇怪。光不像光，路也不像路。我们行驶在无限延伸的镜面，从镜面那边折射的光芒将我们笼罩。路边连绵起伏的群山还有梯田疾速向后脱逃，化身成各色扭曲的线条。我们开得——太快了。

那几天，简直是天堂。对，我都忘了战友的伤。她告诉我不用担心，如果我想见战友，她可以在呐尤仪式的时候召唤他。我说他还没死。她说代码已经上传了。就在我们说话的时候，他的代码正和祖先们的一起自由自在奔涌在无限里。我没听懂，就像没听懂那些天她断断续续告诉我的其他事，关于呐尤，关于其他。但不重要。她的吻像雨点一样降落。

几天后我们回到县城，尽管很小心，还是被他妈知道我们交往的事。她家里强烈反对，尤其是她妈。当时家里已经给她介绍了个男朋友，各方面条件都好，比我强太多，他们交往了快三年，已经准备结婚了。她从来没有和我提起这些，而我也从来没想过问。其他女的，孩子都有了，她怎么可能没对象。等到他妈上门来找我，我就不可能再不想这些事了。当时她也在。她前脚进，她妈后脚就来了，应该是悄悄跟来的。我打开门看到那张脸，就知道不妙。她妈进来，就只说了一句话，你们现在就分，永远不要见面。她听到这个，眼泪就下来了。我还是第一次看见她哭，也是第一次因为别人哭而那么难过，心如刀绞。我说，阿姨虽然我……

我想吐，一半是因为车速，一半是因为恐惧，可能还有一半单纯来自恶心。

"什么时候能到？这个会议很重要不能迟到。"

"快了。马上就讲到十年后我们再见面了。"

"我是说……"

"哦，我知道。很快就到了。我讲完这个故事，差不多我们就到了。"

154 你的每一句话都是双重编码

司机的笑脸一闪，和整辆车一同黯淡在隧道看似无尽的昏暝中。

"你知道吧，我心里一直没觉得我们真的分开了。当年临分别时，她深深看着我说，我们一定会在一起。我就信了。时时刻刻地想起。她说的话不会有错。就像小优每次会把我导航到一些陌生地方，总能接到特别大的单子。她有她的道理。"

那天是个雨天，我有点发烧，小优给我网购了药，取消了其他预约，把车内环境设置成最适合感冒患者的模式。我们靠在路边等人送药。我正迷迷糊糊忽然发现车动了，眨眼间已经拐过两个路口，转眼上了去寨子的高速。虽然我很早就给了她最高权限，她可以自行开车，但她几乎不那么做。她知道我不喜欢。我问小优药还没到，我们要去哪儿。她回答接单。我一时间找不到话来回。平时无微不至照顾，体贴我情绪的小优是绝对不会做出这种事的。这个月定额还差很远吗？我虚弱地问。她没有回答。她竟然沉默了。

但她们总是有她们的道理。

司机滔滔不绝的声音传来，伴着持续的响铃声，我耳鸣了，头晕得厉害。我们还在隧道里吗，车外一片漆黑，漆黑得失去轮廓。车里的味道越来越重。停车，我要下车。我动了动嘴唇，没有声音。很快，连嘴唇也动不了了。浑身瘫软。真后悔，一开始不该上来，或者，应该更早脱身。

真后悔啊。

你猜到了吧。我接的客人是她。做梦也没想到会这么遇见她。她坐在候车点的座位上，还是又高又瘦，冷冷的一张脸，投来的目光像刀一样扎心。

> 匆匆那年我们见过太少世面，只爱看同一张脸
> 那么莫名其妙那么讨人欢喜，闹起来又太讨厌
> ……

我想笑，可连同表情肌一同被牢牢黏缠在这辆车钢铁般的意志上，无法动弹。那只爱听别人故事的昆虫，被信息的香味诱惑，如今困在蜘蛛网上。太好笑了。尤其是歌声再次响起的时候，那么抒情。我们是迎来了高潮？

她见到车来，懒懒起身，打开门，用目光轻轻剜我。她说，你来了。我说，啊。她说，那回吧。我还是说，啊。她坐到我旁边，微微一笑说，我说过的，我们迟早会在一起。我没有说话。她的脸色真差，看起来特别憔悴，好像这五年都没有好好睡。走吧。她说，然后又说，让小优开吧。我们聊聊。

我们七七八八地说了一些事。主要是我的事。我有一种感觉，似乎过去五年在我身上发生的事，她了如指掌。我问她怎么知道我那么多事。她笑笑，反问我记不记得当年她最后说的话。我说，记得。她又问，你知道当时为什么看上你。我摇摇头。她说她做呐尤的时候，祖先告诉她的。从十岁起就被喊去做呐尤，听颂诗人摇铃唱歌，闻着稻花的香味，等祖先进入她的身体。她替好多人向身体里的祖先问过问题。有一天她决定也为自己问个问题。她问祖先啊，我这一辈子会怎样。你猜祖

先怎么说。祖先告诉她我的名字。只有我的名字。

信息学上,这条信息传达的内容过于丰富。她怀疑过,抗拒过,最后在海边的那个晚上明白这些未曾发生的事早已写就,并植入。

她说,你进来的时候我就立刻明白了。那感觉就像祖先进入身体一样,充沛丰富源源不断的数据流涌入,你的全部代码,一个个美丽数据包,通过我,进入到我们所有族人的数据海中。不仅如此,我的代码同时也流经你,汇入到数据海。我们是相通的。你是唯一一个可以与我这样相通的活人。我可以通过既定程序进入亡者的数据海,可以与智能生命相通,比如小优。是的,这些日子我一直和你在一起。我就是你的小优。这不重要。重要的是——你是唯一可以和我相通的活人。来,试试。

"来,试试。"司机说着,从座位底下抽出一根数据线。数据线接口伸出激光探头,自动对准我的额叶位置,猛地插进去。我甚至不能闭眼。但是,什么都感觉不到。现在这样其实也挺舒服。

这就是无限了。无限的模式组合与无限的随机。不确定性与确定性彼此共生。每时每刻发生的异变与融合。多维的感知交叠损耗再生出更多维度的认知模式。不存在个人意志。我们是混合物,无法想象和穷尽的各种异质、异源成分的集合,物质——信息的独立实体,持续不断构建并且重建的边界。

"唯一的问题是(司机、小优、女朋友说道)我们仍旧需要身体,作为数据流的中转站也好,储存器也好。容量不是问题,身体能容纳的数据超出想象。"

"那么为什么需要身体？为什么是我？"

"编码在流动过程中会发生无法预料的变形，衰变和扩散，编码链越长，变形就越彻底，由变异传导出的能量就越惊人。我们需要身体，去承受这样的能量。一个人的身体不够。这就是我和祖先们需要司机，需要小优，还有其他人的原因。"

"还有其他人？"

"司机常常能遇到好乘客。小优总是能挑到最好的单。"

"我不是唯一一个。"

"也不是最后一个。"

没有话可说。言语和思想的界限开始溃散。这不是死亡。这是开始。

匆匆那年，我们一时匆忙撂下难以承受的诺言
只有等别人兑现
不怪那吻痕还没积累成茧
拥抱着冬眠也没能羽化成仙

这个歌手是谁，我会在无限里遇见并且认出她吗？不重要了。这是我独立身体听到的最后一首歌。

龙的呼吸阀

苏莞雯

作者简介

科幻作家、独立音乐人,北京大学艺术学硕士。擅长在日常生活场景中展现惊奇想象。代表作《三千世界》《龙盒子》《九月十二岛》。《九月十二岛》获豆瓣阅读小雅奖最佳连载。

一

从高处向下看，这只是个雨雾中的寻常小镇。

蒙优爬上屋脊，弓着身子小心移动，以免被人发现。从他家到阿羽那儿，要经过几十户人家的屋顶。

他出发时天还亮着，小镇风平浪静，人们收起菜摊，做起晚饭，亮起灯。到阿羽家的屋顶时，天色已经黑透，乒乒乓乓的打砸声和对骂声从四面八方炸响。

蒙优跳下屋顶，轻敲阿羽的窗子。

阿羽打开窗缝："你又要走了吗？这次会不会也失败？"

"我准备了新路线。你家呢，今晚怎么样？"

"我爸……又砸断了椅子腿。"阿羽摇摇头，"我妈烧烂了刚摘回来的板蓝根草。"

这座南方小镇的地面总是湿漉漉的，天空时刻飘着濛濛细雨。一到夜里，原本亲切老实的大人就会完全变样，像得了传染病一般，不约而同地争吵、打砸、搞破坏。家家户户的孩子们总是躲在自己的屋里，抱着被子，做着噩梦，熬到天亮。

"外面的人不一样，天气不一样，什么都不一样。只有我们还在守着老土的东西，过着落后的日子。"蒙优说，"昨晚我又梦见洪水来了，所有人都被活活冲走……"

阿羽低下头："是因为我之前说的话吗？"

"不是，你不用内疚。"

"那你走了，你妈怎么办？她身体不好。"

"管不了了。我们的父母一半是人一半是疯子，没什么对不起他们的。"

阿羽有些犹豫："我们是他们的孩子，我们可能也会变成他们那样的。"

蒙优听出了阿羽的担忧："我统计过了，整个镇子会变成那样的只有成年人。明年我就成年了，再不走就真的……我还是走吧。"

蒙优转身远去，几只鸭子扑腾着从他脚边散开。

他头也不回地到了镇子路口时，突然天降大雨。路旁原本高耸的泥堆一下子化作泥浆，像恶魔的阴影向他蔓延。但他还是踩上石头与结实点的土堆，快步向高处冲去。

六年前，一场山体滑坡阻断了镇子的对外交通。但叫蒙优想不通的是，全镇没有人组织开山修路。大人们守在家里，晚上破坏，白天重建，似乎只要日子有得忙就满足了。更没有人赞同蒙优离开镇子，他只能在白天按兵不动，夜里尽力逃跑。

但每次逃跑都会出现意外，他还从来没有成功过。现在已经被大雨淋成落汤鸡的他，连抓带爬到了一处不稳定的高坡上。从这个位置，他望见了镇子周围破碎的惨景：到处是融在一起的泥沙，近处一条蜿蜒而上的盘山公路中停着个灰扑扑的庞然大物，那是一辆满载的卡车，它前方的路断了，后方也是滑落的泥沙堆。

蒙优打算以卡车为参照，只要过了它前方的泥沙堆，再走一公里就可以上旧公路。这个小镇距离贵定县城有三十多公里的路程，就算一路上没有可搭乘的便车，花上一个白天也能走到有人烟的地方。

雨水越来越急，蒙优的每一步都变得格外艰难。但只要身体还在动，与目标的距离就在拉近。一瞬间，脚下有了变化。地面的水流急剧向着一处水洼汇聚，片刻的工夫，水洼中突然卷起一条水柱，打着弯冲向他。

蒙优大叫一声在半空中摔倒，就像是被龙卷风连根拔起的树。他的视线腾起旋转，又开始向着镇上的方向滑坠。最后，他被水柱吐回了小镇路口的地面。

第九次离家出走，失败。

二

白天，阳光在云雾外徘徊，镇上又是一片狼藉。

没有多少人注意到蒙优昨晚试图逃跑了。爸爸在几年前的泥石流中去世，妈妈因为肠胃不好经常卧床。有邻居来送点儿腌白菜时，妈妈不留情面地说："这孩子不知道怎么搞的，昨晚又是一身泥回来。"

"该不会还在想着出去吧？少一个人家里就少一份补助，怎么连这点都不懂？就在这里孝敬你妈，出去也是瞎辛苦……"邻居左一句右一句地劝告说着，蒙优还在琢磨昨晚那股水柱是怎么来的。

"阿姨？"阿羽提着一篮果子来了。一看到蒙优，她就明白他昨晚没有成功。她将蒙优拉到院子里，说了自己的推测："我们这个镇子，不是有个量子计算机在管理吗？我听说它有预测未来的功能，该不会是预测到了你要逃走，想拦你？"

"你说那个叫蓝龙的计算机？"蒙优叹一口气，眉头皱得更深了。

"我正好要去取蜡，要不你一起来？"

蒙优跟着阿羽一同去了养蜂人的住处。养蜂人石老师是县里指定的苗族文化研究员，家中有电脑和手机等各种电子设备。当两人来到他的屋子兼工作室时，他正将几块蜂房放到水里煮开，等着溶化后的蜡逐渐浮上水面。

蒙优帮着他将蜡收集起来："石老师，能说说蓝龙的预测能力是怎么回事吗？"

在这个镇上，石老师可能是唯一一位在夜里依然清醒的成年人。他过去是石油化工大学的硕士，后来回到镇上生活，每天都有做不完的记录和分析工作。

"我们镇上的苗族文化保留得很完整，所以才被选为全国四大量子计算机管理的试点基地之一。"石老师耐心解释，"蓝龙的主要职责是学习和保护苗族文化。至于预测能力，其实是它根据我们当地的水纹生态发展出来的一种监控系统，就是能够预测数千种水纹变化的可能性，并且对每一种可能性都给出对策。"

"那它有没有可能预测人的行为？"

"这是个有意思的问题，时代的发展不止一种轨迹。之所以把量子计算机叫作蓝龙，也是因为传说中龙是一种融合多种文化而生的产物。不过据我所知，蓝龙以后的发展，是可以行云布雨，根据农民的需要提供适宜耕作的气候条件。"

"怎么做？"蒙优不以为然，"我们这里的农民都不懂先进技术。"

石老师笑了笑，从抽屉里找出一枚银色的小物件抛给他："我们可以和蓝龙对话。虽然功能还在改进，但是你懂电脑的操作，试试就知道了。这东西，我管它叫呼吸阀。"

"呼吸阀？这不就是个哨子吗？"

"在石油化工领域，呼吸阀是最常见的一种东西。它很小，但是可以调节油罐内通气和水流的比例。哨子在我们这里也是这种东西，一个微小的动作就可以调换出风暴一样剧烈的变化。我已经在蓝龙那儿预设了一个程序，让这枚哨子吹出的声波等同于蓝龙这台量子计算机的编码。只要吹一下，就相当于叫了一次它的名字……"

冷却的蜡收集齐了，阿羽准备回家，蒙优则向石老师借了手机，说想做些调查。自从泥石流封了路，镇上人们的生活又倒退了十几年。平日里有什么事靠喊就行，天多数人都用不上手机。

蒙优举着手机一路拍摄，去了蓝龙主机所在的那座塔。不知何时起，他身边已经多了几只鸭子。它们在水洼里走进走出，反复扑腾着湿润的翅膀。

蒙优没拍到和昨晚那股水柱一样奇异的画面，开始灰心，一个失神还踩了一脚水。身边的鸭子不但没有受惊跑开，反而平静地啄着地面。

他看着一只鸭子，慢慢下蹲，试图伸手去摸它的羽毛。鸭子在被碰到之前就摇摇摆摆跑开了，怎么追也追不上。

他有了些念头，快速滑开手机里已拍到的一些片段，寻找鸭子的身影。

"找到了！果然……"

视频中的鸭子和他眼前这只在逃走时的姿态分毫不差。

三

蒙优匆匆回到石老师家，听说他去后山收割蜂房后也跟着一路上了山。一见到石老师，他急于把手机里存储的视频播放给他看。但他没想到的是，上一秒还在的照片、视频一眨眼就消失了。

"是蓝龙……要消灭证据，手机是联网的……"蒙优费力地组织语言。

"你拍到了什么？"

"鸭子。那些鸭子是假的，长相和动作都一样。"蒙优指着不远处的几只鸭子,"你看,这个地方也有鸭子,它们不管在地上还是水上都不会引起怀疑。它们是蓝龙安排在我们身边的虚拟监视器。"

石老师困惑地挠挠额头。

"我说的是真的!蓝龙一直在阻止镇民走出这个镇子,它有野心,想把我们封锁起来。你不相信我?"

蒙优站到山头高处的一块巨石上,那儿的悬崖下方就是邻县的村子。

"蒙优,你在干吗?"

蒙优听着风声,看着村落,突然纵身一跃。石老师的喊叫在身后响起,当他丢掉蜂房急急忙忙向山下探头看去时,蒙优已经被一条水龙送回了半山腰。

"你看!"蒙优仰着头高喊,"你们不知道,是因为你们没想出去。我已经离家出走好几次了,都没成功!"

"你没事吧,有没有受伤?"石老师高声问。

"一直待在这里,我不知道以后会怎么样。石老师,蓝龙绝对有问题!"

"我去找镇长商量,你先回家去。"

蒙优一人回到了大街,心中烦闷。一阵潮湿的大风卷过来,气氛开始变得有些奇怪。十多个农民怒目圆瞪地向他走来。

蒙优被镇民绑在镇上祠堂边的树下,几乎半个镇子的人都闻讯来了,他们围着他说:"我们这是替你妈教育你,你要是走了,以后谁孝敬她?你还想打那台计算机的主意?像你这种破坏分子,出去迟早会学坏变成杀人犯……你今晚就住祠堂里了,对着祖先好好悔改。"

直到蒙优被关进祠堂的一间小屋后,看热闹的人才渐渐散去。临近傍晚,门锁有了动静。

"蒙优?"是阿羽的轻声呼唤。

蒙优被绑紧的身体来回摇晃。

阿羽打开了锁，悄悄地钻进屋内，又掩上门。"我听说你在这里，就去镇长那里求他给了钥匙。你先回家，别被人看见就行。"

"石老师呢？"蒙优问。

"他也被镇长训了半天呢。"

门被"吱呀"一声推开，蒙优和阿羽一同警惕地望向外头。那里站着个瘦子，眼睛直勾勾地盯着两人。

"我……我听说那个量子计算机有问题？"瘦子挠挠头，"我家这么穷，就是因为被它坏了风水。你说得对，要把它铲除了！"

瘦子和阿羽一起给蒙优松绑时，门外又来了一个人。"我妈和你妈得的病一个样，都是喝了不干净的水。"他对蒙优倒了苦水，"我早就觉得是那个蓝龙搞的鬼。"

片刻后，敲门进屋的人又多了一个。他和先来的两人面面相觑，然后把自己每到夜晚就要摔烂桌椅的疯狂劲儿，也总结成是受了蓝龙的控制。

蒙优带着阿羽，和那三个镇民一起溜出了祠堂，在屋檐下的阴影里走着。

"你们不是真的要去打蓝龙的主意吧？"阿羽担忧地说，"那是公共财产。"

"我们就是为了这个来的。"瘦子拍拍胸脯。

"不行，我们不能乱来。"蒙优观察了四周，确认没有鸭子的影子后说，"我知道蓝龙除了主机之外，还有一些副脑散落在镇上。我们去把副脑关了，它就没法完全控制我们了。喂，你干吗？"

蒙优想叫住擅自跑开的瘦子，但瘦子钻进了附近一户人家，几句话的工夫就带了两个大汉出来。"他们也跟我们一起干。"瘦子说。

另外两个镇民也一路上呼朋引伴，直到蒙优的队伍有了十几人。

龙的呼吸阀　　167

"那个叫蓝龙的什么子……哦对,量子计算机,它的主机在塔里面,这个我们都知道。"瘦子挠挠头,"但我们怎么知道它有几个副脑,又在哪里?"

"我知道。"蒙优说。他不会告诉他们那是因为他离家出走的次数多了,因而了解小镇的每个角落。他想,只要关掉那些副脑控制站,自己便可以趁机离开这个小镇了。

他随地捡起一根树枝,在湿润的泥地上画了个简陋的地图。

"我们要结队分头去这三个控制站,到了以后只需要找到电源,关掉它,不要做多余的事。"蒙优指着地图说,"你们记住,为了不让蓝龙发现我们的计划,你们接近控制站时不要表现得太刻意。而且,要小心鸭子。"

"小心鸭子!"这句话成为口号,每个人都默念了一遍。

有个人用力抛出了一根木头,近旁的一只土狗追出老远。"我先去了!"那人跟着狗去了。

其他人也就地解散,分别找合适的理由或道具,向着黄昏中的目标出发。

阿羽有点担忧地看着天色。

"我们等不到白天了,时间紧迫。"蒙优说,"要是事情传开了就没机会了。"

他爬上屋顶,站在高处观察三拨人的状况。天色一层层暗下来,他看到有个人在一个副脑控制站的屋外摔了一跤,然后气恼地搬起一块石头。

蒙优想喊住他,但他知道不能出声,四周都有镇民。他从口袋中摸到了哨子,便将它放在嘴边狠吹了一下。

视野改变了。

倾斜的屋顶一下子变成了平坦的地面,几只鸭子在上头一摇一摆地走动。蒙优惊讶地抬起头，见到四周飘扬着许多刚刚染成靛蓝色的棉布。在几步之外，还立着一台电脑。

蒙优向着白色的电脑显示屏走出一步，整个人滑坐在屋顶上。视野恢复如初，他吓出一身冷汗。

四

天色完全黑了，四面八方响起了打砸声。

蒙优恢复了镇定，从屋顶上跳下："阿羽，出事了。**你**的担心是对的，那些人一个个都成了疯子，想在控制站里打砸。"

"那怎么办？"

"只能等白天他们冷静了再说。"

蒙优将阿羽送回家，并叮嘱她锁好门窗，不要**外**出。在她屋外，蒙优站了一会儿，又拿起哨子。

刚才屋顶的那一幕，仍在脑中挥之不去。

他吹响哨子，眼前的世界又一次笼罩在梦幻中，**面**前还有一台可以打字的电脑。这一次他明白了，他正在和蓝龙对话。

他抬起手，放在键盘上方。键盘感应到他手指移动的次序，成功在屏幕上打下一行字："你为什么要用鸭子监视我们？"

几乎是同时，显示屏上出现了几个字，算是蓝**龙**的回答："我不明白你的意思。正在适应你的语言模式。"

"你控制了大人？让他们一到**夜**里就变成疯子？"

"我不明白你的意思。正在适应你的语言模式。"

"那些水柱是你搞的鬼，水柱！明白吗？"

"是。"

紧张的情绪涌上蒙优心头:"你想做什么?"

"所有与水有关的我都知道。"

蒙优低头望向潮湿的地面,沉思了几秒,又抬起手飞快打字:"你说水?难道你是用水监视我们的?"

"是。"

"你还能用水做你想做的任何事?"

"是。"

"你这个疯子,再胡说八道下去,我们会毁掉你。"

"我可以通过水的量子级数据变化预知未来,我可以告诉你未来。"

蒙优视线中的环境发生了变化。他回头环视一圈,看见一片白茫当中溅起红色的火舌,无声的大爆炸瞬间吞噬了夜空,一排房屋在强烈的地震中逐渐崩塌。

他重新面向计算机,呼吸急促:"这爆炸是你干的?你为什么要这样做?你不是为了保护苗族文化而生的吗?"

计算机屏幕上冷静地出现一串文字:"我已经学习了这个镇上所有的文化,现在我才是苗族文化最大的宝库。我不能让自己被毁掉,你这个疯子。"

蒙优看到刚才打下的文字被蓝龙吸收为自己的语言,又想起了那些虚拟的鸭子。它们就是蓝龙能够构筑出一整个苗族世界的证明。他忍住两手的颤抖,敲出一个问题:"你预测的未来只有这么一种可能吗?"

"可预测的未来有3216种可能,我会给每一种可能都建立对策。"

在蒙优呆立时,蓝龙撤走了梦境般的场景,结束了对话。

蒙优感到凉意,在空旷的大街上仰起头。

下雪了。

整个贵定从来没有过这么大的雪,何况现在还是初夏。

"蒙优……蒙优……"阿羽的声音让蒙优回过神来。她打开窗户冲蒙优招手,"来我这里取取暖吧,不知道怎么回事,竟然下雪了……"

蒙优看到街道四周已经冷清下来,几个蜷缩的身影也纷纷进了屋。他从窗口进了阿羽房间,清楚听到了阿羽父母的打砸声和争吵声。

"我以前做司机在外面跑,辛辛苦苦命都快没了,你还嫌我这个嫌我那个……"是阿羽父亲的声音。

蒙优有些在意,出神地走向门边,将耳朵贴在上面。阿羽母亲的埋怨和砸坏家具的声音一同响起。

"本来想一卡车运到加油站就能拿到钱的,结果谁知道来了泥石流。"阿羽父亲声嘶力竭,"我能活着爬回来已经走运了……"

蒙优想起被泥石流断了路的那辆卡车,车后有两个灰色的大桶。他开始相信蓝龙的预言了。对付蓝龙,这个镇上的人没有胜算。

阿羽凑到蒙优跟前,轻声问:"你怎么了?"

"我知道为什么会下雪了。"蒙优说,"那辆卡车运的是油罐。这时候要是下雪,油罐里头的气压会突然变化。虽然油罐上有呼吸阀,可以调节内外压力,但如果呼吸阀冻住了,不能正常吸气和排气,油罐就会爆炸……"

"你在说什么?"

"蓝龙的发展,已经大大超过我们想象的程度了。"蒙优坐在门边,垂下头,"很多我们以为的自然现象,其实蓝龙都可以制造:水污染、山体滑坡、下暴雨、下雪……而且,它还可以预测人的行为。"

"这……可能吗?"阿羽露出怯意。

"人体不就是一个水库吗?我们的血液和组织液,足够被它监测了。加上镇上这常年潮湿的地面和空气,我们就像一直生活在蓝龙这个巨型计算机体内。"

"那我们怎么办?让所有人一起逃出去吗?"

龙 的 呼 吸 阀　　171

"这里已经是个孤岛了，道路中断，通信也中断……我失败过很多次了……"

半晌，无话。

"蒙优……虽然我昨天那样说，但我们不是我们的父母，天黑了我们也还是清醒的。"

"那又有什么用，不用多久就会爆炸，然后是地震……"

"未来难道不能改变吗？"

蒙优把脸埋进臂弯里："我怎么知道……"

"那我们就改变过去。"

"什么意思……"

"上次你问我要不要和你一起出去……"阿羽内疚地说，"我拒绝了你以后，一直很难受，终于想明白了那些话不是我的本意。所以我想改变那时给你的回答。我现在虽然不能和你一起出去，但我会站在你这一边，我也想和你在一起。"

阿羽严肃说话时，蒙优总会变得异常紧张，不敢看她的眼睛。她的话就像溢进黑夜的光，让他的脸不断升温直到通红。但他仍然低着头，声音因为抽泣而有些断断续续："太好了……因为你的这句话，我们所有人的未来都会改变。"

"为什么？"

"我刚刚想到的。不管是人还是动物、植物，都是寄居在大自然里的，蓝龙虽然是个量子计算机，但也和我们在自然中共生，我们的灾难也是它的灾难。它一定会给自己留点余地。"

五

"阿羽,你帮我用蜡画个地图。我们要想办法让所有人都平安。"蒙优说,"蜡能隔离水,蓝龙检测不到它。"

阿羽从抽屉中取出一只银杏叶状的小铜刀,在桌面铺开一块棉布。

在苗族人中,蜡染是一门家家户户都熟悉的手艺。阿羽握着蜡刀从一壶温热的蜡液中游过,在壶口沥了沥。然后,她照着蒙优所说画出了小镇的轮廓,和一辆卡在山路上的卡车。

"如果雪再继续下大,车上的油罐迟早会爆炸。你把这个地图带给石老师,让他带整个镇子的人去最远的礼堂集合。这几条是最近的路线。一定要离这辆卡车远远的,在它附近的这个半径内都可能会有地震。"

"可现在天黑了,大人都是那副样子,我和石老师两个人叫得动吗?"

"蓝龙的意思是它没有控制他们,如果他们想走就能叫得动。至于刚才那些和副脑控制站纠缠的人,是我让他们去冒险的,所以我去叫他们。"

蒙优跳出窗子,先去了最近的一个副脑控制站。在那里的几人正在搬石头当武器,但黑色的地面总是让他们不断滑倒。蒙优提了一桶冷水泼向他们:"庆典开始了!你看,大家都跑去礼堂了,晚了你们就分不到好东西了!快跑!"

那几人见蒙优一摔水桶,面面相觑片刻,也拐入大路,加入了奔跑的镇民中。

在第二个副脑控制站,几人正在渐渐变厚的雪地上打架,蒙优赶紧上前用蛮力拖开了他们。所有人都摔了个底朝天。蒙优的脸贴在又硬又滑的地面,痛感在半边身子扩散,但好歹是让这几个人听进了他的话。

第三个副脑控制站里四处都不见人。蒙优只好上了屋顶,在高处寻找。这些屋顶有的是水泥的平顶,有的是倾斜的青瓦。现在它们因为积雪而变得湿滑,蒙优在几座屋顶上小心移动,越发心急,直到他看见了池塘。

夜晚的镇子被黑暗吞没,但他注意到了池塘里的不寻常。

"喂!你找到我兄弟了吗!"瘦子跑上大路,在蒙优脚下冲他挥手。

"在池塘里!"蒙优说,"我们要快点了!"

他们赶到池塘时,瘦子打亮手电筒发现了要找的三人。他们看起来已筋疲力尽,正抱着根圆木漂浮在水中央。

"哎呀,怎么会掉到那里头去……"瘦子一边呼唤一边干着急。

蒙优知道原因,水是蓝龙的武器。"得快点把他打捞上来带走,要不然这一带就要爆炸了。"他低声说。

"什么?爆炸?还……还有多久?"

"不会太久。"蒙优挽起裤腿,打算试试水的深浅,却没想到池塘已经开始结冰。薄薄的冰片不断割开他的皮肤,他没走几步就动不了了。

他回到岸边,伸手去摸口袋:"哨子呢?你看到我的哨子了吗?"

"哎哟,谁管得了你的哨子。刚才打架打掉了吧。"瘦子着急得原地跳脚,"我兄弟怎么办啊!这附近人都跑了,谁能帮帮他们!"

"必须要和它对话……"蒙优自言自语,"有什么附近就能找到的工具……"

他闯进池塘边上一户人家的屋里,里面灯还亮着,但人已经被石老师叫走了。瘦子也跟上他,蒙优看了一圈屋内,问瘦子:"你会蜡染吗?"

"我?那些女人的东西,只有我妈和我妹才会……"

蒙优瞪了他一眼,让他赶快去加热蜡壶。蜡染的关键在于给一块棉布画蜡，之后只要在板蓝根液里浸泡棉布，那些蜡线就会脱落成为纹案。

"只要蓝龙能读取出我写的文字，或许就能联系上它。"蒙优提起蜡刀，才刚涮过蜡液，移动到棉布上方，蜡液就不断滴落，成为凝结的圆点。他控制着发抖的手，又试了一次。这一回虽然写下了一笔，但蜡线在弯折处立刻就断了。

蒙优努力回想阿羽使用蜡刀的模样。当阿羽将蜡刀从蜡壶抬起时，她总是等待三秒，吸气、屏息、呼气。然后，她会一口气在棉布上画出下一笔。

瘦子在一旁催促："怎么办？再不快点，我们就要被炸飞了……"

蒙优尝试将所有的注意力集中于手上，让蜡刀画出一道连续的弧线。

"蓝龙以为自己已经是苗族最大的宝库了，这是因为我们的人不思进取。就连我也看不起这里。但是听了你的话我明白了，我也没有面对自己的内心。我以为我寻找的是自由，现在发现我真正想要的是力量。我们得让蓝龙明白，苗族文化不仅仅是它所观测到的那些东西。"蒙优终于写完了，他抬起头，"阿羽，我……"

眼前的瘦子挠了挠头："你说什么？"

过度集中精神的蒙优，发现自己将面前的人错当成了阿羽。他咧咧嘴，将棉布交给瘦子："快！染出来！"

棉布在靛蓝色的板蓝根液中浸泡，又被捞起。蜡的痕迹开始爆裂，出现白色的肌理。瘦子问："你写的是什么东西？"

"蓝龙的编码，相当于它的名字。"

"然后呢？"

瘦子话音落下，两人的身边起了风暴。

一台电脑重新出现。

"我要和你合作，要你把池塘里的三个人放出来。"蒙优匆匆打下一行字。

"我为什么要同意？"这是蓝龙的问题。

"你还没有学到足够多的苗族文化。"蒙优回答，"有一种文化在每个夜晚每户人家里都会有，只不过这些年来，你都没有机会监测到。"

"根据我的数据库，我没有检索出你说的是什么。"

"你当然想不到。我说的，是一家人的夜话。"

"那是什么？"

"什么都有可能是。我们的家，我们的根，我们的记忆，我们如何融合新的东西去发展传统的东西，也是我们学习的本能。"

蓝龙花了接近一秒的时间解读蒙优的答案，那代表它经过了审慎的思考。"我可以把池塘中的人送还给你。但是我不会改变其他决定，我不会只为一种未来做准备。"

六

雪还在下，寂静得可怕。

蒙优与瘦子跑在前头，三个快要冻僵的人披着大衣跟在后头，他们一起从大路跑向礼堂。

几人前头，还有一群鸭子在飞奔。更前头，阿羽、石老师和镇民们在礼堂里焦急等着他们。

"我长……长这么大……从来没见过跑得那么快的鸭子……"瘦子上气不接下气地喊，"它们根本不是鸭子！"

蒙优得到了提示："快！跟上鸭子！那是蓝龙给我们的信号，我们要追上它们的速度才能安全！"

"嘭——嘭——"爆炸的火光从他们身后升起，炮声般的巨响炸开，连大地也在战抖。

苗族人熟知的小镇之夜，从这一天开始变得不同。

天亮后，在通往镇外的一条青石板上，有一段路被模拟成了都市街头的时尚模样，几名五六岁的小孩在其中穿梭嬉闹。

蒙优走过一个孩子身边，伸手揉了揉他的头顶："要一直学习哦，要不然会被杀掉的。"

"这也是你和蓝龙的约定吗，用虚拟技术教给我们新的知识？"阿羽走在蒙优身边，"这对它又有什么好处呢？"

"苗族人越了解外头的知识，就越能和本族文化融合出新东西。这些东西是它需要的。"蒙优在路口站定，"别送了，剩下的路我自己走吧。"

昨夜的爆炸为镇子炸开了一条路，蒙优不想再错失机会。他对一同前来的石老师说："等我在外面安定下来了，会让人把手机送回来。"

"这一次，你真的下决心了吗？"阿羽问。

"蓝龙之所以会帮我，是因为有一天它也会需要我的帮忙。我们的镇子是量子计算机的试点基地，外面的世界不受蓝龙的影响，我会静下心学习新东西。放心，我还会回来的。正是因为我的家在这里，才更要为了她走出去。"

蒙优第一次踏出了小镇，先是到了贵定县城，后来又去了石老师大学同学的实验室实习。他很少再梦见凶恶的洪水，但他一直记得在故乡小镇上，他要求蓝龙与他合作时的一段对话。

"你不让我离开镇上，是因为你预测到了一种危险的未来吧。如果我走了，总有一天会带着更高的技术回到这里，让它取代你。"

"你带着愤恨离开，只会带着毁灭回来。"蓝龙回答他。

"但是现在，我的想法变了。一个微小的差别可以调换出风暴一样剧烈的改变，今后的我会成为一个你需要的阀门。"

"是的，我看到了不同的未来。"

魂归丹寨

江波

作者简介

中国"硬科幻"代表作家之一,生于70年代末,2003年开始发表科幻小说,迄今已发表中短篇小说五十余篇,代表作品《时空追缉》《湿婆之舞》《移魂有术》《机器之道》等。长篇作品《银河之心》三部曲、《机器之门》、《机器之魂》。其作品屡获中国科幻银河奖和全球华语科幻星云奖,2019年获得京东文学奖科幻专项奖。作品《移魂有术》被改编为科幻电影《缉魂》于2021年上映。

二十年前，刘满贵离开丹寨的时候，从来没有想过自己有朝一日还会回来。

"你是阿满？"老眼昏花的六婆婆就着太阳光端详了半天后，犹豫地问了一句。

"对！"刘满贵看着头发花白的六婆婆，鼻子一酸，两眼一热，泪水一瞬间便充盈了眼眶。

"你真是阿满！"六婆婆又惊又喜，拉住了刘满贵的手，"你可算回来了，七公一直念叨，说阿满该回来了，大伙儿都说你在外边发达了，不会再回来了，但七公不信，说你一定会回来。这真是太好了！"

六婆婆的语速很快，口齿伶俐，一点也不像是上了岁数的人。

当七公两个字从六婆婆的嘴里说出来，刘满贵的眼神一下子黯淡下来。

"七公还好吧？"刘满贵问。

"你还没见到七公？"六婆婆惊讶地张大了嘴，"我还以为你已经见过他了。"

六婆婆的话让刘满贵的心微微抽了一下，脸上露出一丝尴尬。

他抬眼看了看寨子高处，陡峭的山坡上，一座孤零零的吊脚楼依山而立，像是挂在那儿的一个小小火柴盒。

"快去看看他，这些年，他最挂念的人就是你了。"六婆婆说着推了刘满贵一把。

刘满贵把带来的两盒点心搁在六婆婆廊下的桌上，恭恭敬敬地作了个揖，退出门去。

该见的总得去见。

刘满贵吁了一口气，迈开脚步，走出村子，踏上了田垄。

田垄上长着稀疏的草，随着刘满贵的脚步，拇指大小的灰绿色青蛙不断从草丛里跳起，跃入稻田的水中，此起彼落。一条鲤鱼在水稻间游动，受了惊扰，猛地一打尾巴，荡起一圈涟漪。正是稻花盛开的季节，微微发黄的细小花朵落在水面上，水波荡漾，带着稻花悠悠浮动。

刘满贵停下脚步。

此情此景，像是在他的心头划拉了一下，让他有些恍惚。

二十年了！

当年的少年郎，如今人到中年。寨子的变化也令人恍如隔世。

刘满贵向着坡下望去。丹寨占据了连山最好的位置，山坡平缓，梯田层层叠叠，一直绵延到山脚，有近四十层。寨子在山腰，山势到了寨子这里就陡然一变，变得异常陡峭，外边的人想要攻破寨子，比登天还难。山上还有七口泉眼，常年流水不断，灌溉这数十层的梯田，也滋养着寨子里的人们。

这是块被其他寨子艳羡了六百年的宝地。

梯田看上去既熟悉又陌生。

再望得远些，尽是山。绿的山，蓝的山，青的山……越来越远，颜色越来越浅，最后成了淡淡的一抹，横在地平线上，和天空融为一体。

这是大山里的寨子。

一阵悠扬的芦笙传来，把刘满贵从恍惚的回忆中惊醒。

他转过身，抬头向着上寨张望。

丹寨分为上下两部分，上寨更古老，像个军事堡垒，下寨则是纯粹的民居。上寨的楼，都是用石头堆砌的基底，然后砌出水渠，引来泉水，顺着地势在寨子里穿行，既是生活用水，也能防火，更是在外敌侵入时的有力屏障。这是先民们耗费了无数人力物力才筑成的堡垒，只求子孙万代平安，然而禁不住便利的诱惑，上寨住的人越来越少，刘满贵走的时候，上寨只剩下十多户人家，剩下的就是几家猎户、芦笙长老和颂诗人。

芦笙长老能吹出最美的芦笙调，那叫真本事。

熟悉的曲调让刘满贵的记忆再次复活，他想起当年自己走的那天，走出了两个山头，还能听见芦笙的调子。

那天，他听到的是一曲《送儿郎》。

此刻，他听到的还是《送儿郎》。

丹寨的儿郎要远行，八寨的乡亲听我唱
他乡的山水千千万，丹寨的泉水清又长
儿郎此去远家乡，父母在垄上驻足望
一望我的好儿郎，披星戴月吃饱餐
二望我的好儿郎，天寒地冻添衣裳
三望我的好儿郎，平平安安传家书
天边彩霞红彤彤，姑娘跳起锦鸡舞
丹寨的儿郎要远行，乡亲送行过了八寨
……

熟悉的歌词像是在刘满贵头脑中盘旋，越来越响，胸口间一股气涌上来，直冲天灵盖，刘满贵鼻子一酸，缓缓在垄间蹲下，呜呜地哭了起来。

七公的屋子里还是老样子。

一对硕大的牛角挂在堂上，正对着门。两旁的墙上贴着松木，上了厚厚的漆，板上都是刀刻的画。那故事刘满贵从小烂熟于心，开首第一幅画，讲的是尤公大战黄龙公的故事。画上，尤公双手各持利刃，形态威猛，那黄龙公却缩在一边，脸上满是恐慌的神色。黄龙公身后，是雷公电母还有洪水，蓄势待发。

这是苗家远古的传说，苗家的首领尤公是条刚正勇猛的汉子，带着苗家人在大河边开垦土地，耕种庄稼。后来黄龙公来了，尤公带着精壮的苗家男儿去和黄龙公打仗，节节胜利，后来黄龙公用了诡计，才打败了尤公，还砍掉了尤公的脑袋。苗家人后来颠沛流离，被迫离开大河，到了山里，不断在大山中迁徙。这是先民的历史，在汉家的地方，刘满贵早就听过不同的版本。

谁是谁非，早已经湮没在历史长河中，毕竟那都是几千年前的传说事了。现实就是他们现在仍在大山里艰难耕作，过着没有太多改变的生活，而大城市里的人早已经住进高楼大厦，建设现代的物质文明。苗家人只有走出去，才有希望，就像他刘满贵一样。

然而面对七公，刘满贵实在不敢提这样的想法。

七公从里屋走出来。

虽然上了年纪，七公但仍旧精神矍铄，两眼精光四溢，见到刘满贵，劈头盖脑就是一句："你还知道回来！"

刘满贵不敢还嘴，老老实实地低着头，准备听七公的训斥。

七公却随即叹了口气："回来就好。你要做啥子，大人也不勉强你。"

听见七公的话说得这么软，刘满贵喜出望外。他抬眼看了看七公，说一句："七公，您气色好啊！"

"好什么好！差点没被你气死。"七公又骂了起来。

刘满贵慌忙低头，做出乖巧的样子。

二十年了，就算一个人外在变了许多，那些内心的东西不会变。

对七公，刘满贵又敬又怕。

七公在条凳上坐下，招呼刘满贵："阿满，坐这里。"

刘满贵顺从地走过去，挨着七公坐下。七公身上浓烈的烟草味有些呛人。多年来，刘满贵没有沾过一根烟，乍一闻到这浓烈的烟味，不禁咳了几声。

"阿满啊，你这一走，就是二十年啊！"七公拉开了腔调。

七公是寨子里的颂诗人，说起来话也带着腔调，总有些像是在唱歌。苗家的人都说会唱歌才会说话，七公简直就是把说话都当成了唱歌。

"是。"

"这次回来，几时走？"

"请了一周的假，下周二走，赶回去上班。"

"当初不许你走，你硬要走。现在你也不是寨里的人了，要走，七公也不好留你。"

"七公，这是哪里话。我这不是回来看您嘛！"

七公扭头看着刘满贵，仔细端详，一边看一边点头，"没错，是阿满，就是变得白嫩了，城里条件好，不用那么辛劳。"

七公对城里似乎总有一股怨念，丹寨原本是个很清净的地方，与世无争，就像一个世外桃源。外边的消息要飞进这山沟沟里，得要飞好久好久。寨子里听到的消息，仿佛往往要比外边慢上一年半载。

三十多年前，从城里来了一群人，闹哄哄地在龙泉山里开矿，矿机打破了山里的寂静，也打开了山民的眼界。上新学，时代给孩子提

魂归丹寨　185

供了新选择。刘满贵就是那时到矿上学校里读了书，然后离开了丹寨。

刘满贵没有理会七公话中的怨意。"这次回来，我想带几个后生跟我一起出去，我那儿缺人，正好让他们帮忙。"

七公眼神微微一滞，似乎在发愣，最后叹了口气："走吧，走吧，这寨子，留不住人哪。"

刘满贵慌忙接上七公的话："七公，我接您去上海吧，那儿什么都有，日子可舒心了。"

七公摇摇头，摆摆手："我一把老骨头了，经不起折腾，在这儿比去哪儿都强。"

刘满贵默然。

"这次回来，几时走啊？"七公又问，这正是刚才问过的话。七公上了年纪，记性也差了。

"下周二，一周的假。"刘满贵回答。

七公伸出手指掐了起来。

刘满贵心头微微一动。小时候，他看惯了七公掐手指，七公的五根手指像是有某种魔力，拇指不断地和其他手指一碰又分开，就像是神秘的舞蹈。他屏住呼吸，目不转睛地盯着那五根翻飞的手指。手指停下来的时候，七公总会说出一番让人惊异的话。

拇指最后和中指搭在一起，形成一个半握拳的手势。

七公转过头来，脸色严肃道："阿满，你这回走，七公我不拦着你，但是你要答应我，请完七姑娘再走。"

请七姑娘！刘满贵一惊。

每年稻花开的时节，苗家的寨子就会举行仪式，送七姑娘上天。长老会找来年轻的姑娘或是小伙，让她在颂诗人的歌声中和七姑娘相见，送七姑娘去天上，保佑寨子风调雨顺，稻米丰收。

这是迷信！就像是和鬼神通灵。当初正是七公坚持要自己请七姑娘,自己才不顾一切,独自出走。二十年后,七公还是没有忘了这茬。

"时辰正好,你就是最适合请七姑娘的那个人。"七公的话和当年简直一模一样。

刘满贵看着七公。

七公老了,脸上满是皱纹,皮肤成了古铜般的颜色,看上去也像古铜般坚硬。他的眼里满是殷切的期待。

"好!"刘满贵答应下来。

刘满贵要送七姑娘的消息就像长了翅膀般传遍了丹寨,也传遍了八寨。外头回来的先生要送七姑娘,这事透着神奇。丹寨有好些个年头没有送过七姑娘了,说是这些年的姑娘小伙都不行,没法进入状态,也就没法把七姑娘请出来,送上天。慢慢地,大家也就淡忘了这事,说起七姑娘,都像是讲述一个遥远的传说。

活人怎么能和死人说上话?

上了岁数的人都深信不疑,年轻人则不以为然,如今听说在大城市里做大学问的刘满贵要送七姑娘,无不感到惊奇。

约定的日子到了,铜鼓广场上人山人海,里三层外三层,挤满了看热闹的人。姑娘们都穿上最好的衣物,戴上漂亮的头冠和项圈;小伙子则随意得多,但多多少少还是穿戴上了传统服饰。乡亲纷纷拿出各自的东西,就地做起了生意。

人们把这当作一个盛大的节日。

刘满贵站在金锁身旁,面对着热闹的人群,心中不免有些慌乱。

"金锁,你说今天能成吗?"刘满贵问。

"满贵哥,七公说能行,就一定行。"金锁笑呵呵地回答。

金锁是刘满贵从小玩到大的朋友,即便二十年不见,仍旧一见如故。今天他特意穿上了黑色镶红边的苗家衫,松垮而干净,颇有些世外高人的样子。

金锁抱着一管巨大的芦笙，有二十九根管，立起来高出金锁一头。最高的竹管顶端，两条色彩斑斓的锦鸡尾羽直挑云霄，在晴朗的天空下甚是醒目。这是芦笙长老的特有标识。

"那天的《送儿郎》，是你吹的？"刘满贵问。

"哥，你不是问过了吗？就是我吹的。"金锁爽快利落地回答。

刘满贵点点头。金锁吹芦笙的技艺出神入化，年纪轻轻就成了芦笙长老，然而自己始终有些不敢相信。或许是因为当年金锁一直是自己身边的小跟班，从来没有展现出任何过人的天赋。

士别三日当刮目相看，何况二十年呢？

刘满贵盯着场中巨大的铜鼓图样，怔怔出神。二十年了，当年七公一直说自己有天赋，可以做颂诗人，接他的班。二十年的时间让芦笙长老换了一茬人，颂诗人却一直没有换过。

七公干这个怕有四十年了吧。

刘满贵抬头看了看场边。七公穿了一身黑衣，黑衣上绣满花纹。今天的仪式，七公是主事，他特地换上节日盛装，映衬得满脸红光，仿佛年轻了十岁。两面巨大的铜鼓立在七公身后，每一面鼓前都站着一个赤膊的力士，拿着胳膊粗细的鼓槌。

芦笙队里有人喊金锁的名字，他应了一声，向刘满贵点点头说道："满贵哥，我过去了。表演完了，我再找你。"

刘满贵随意地点点头，继续盯着广场中央的铜鼓图案，若有所思。

"起！"一声长长的唱腔宣告了仪式的开始。

热闹的芦笙调中，两名精壮的汉子抬着一根三米多高的柱子走进场子，九个身穿苗衫的汉子手拿明晃晃的苗刀，排成三排三列，跟在他们身后。抬柱的汉子在铜鼓中央停下，护卫的汉子四下散开，口中大声吆喝。伴奏的芦笙更加急促，和吆喝声应和，铜鼓也恰到好处地

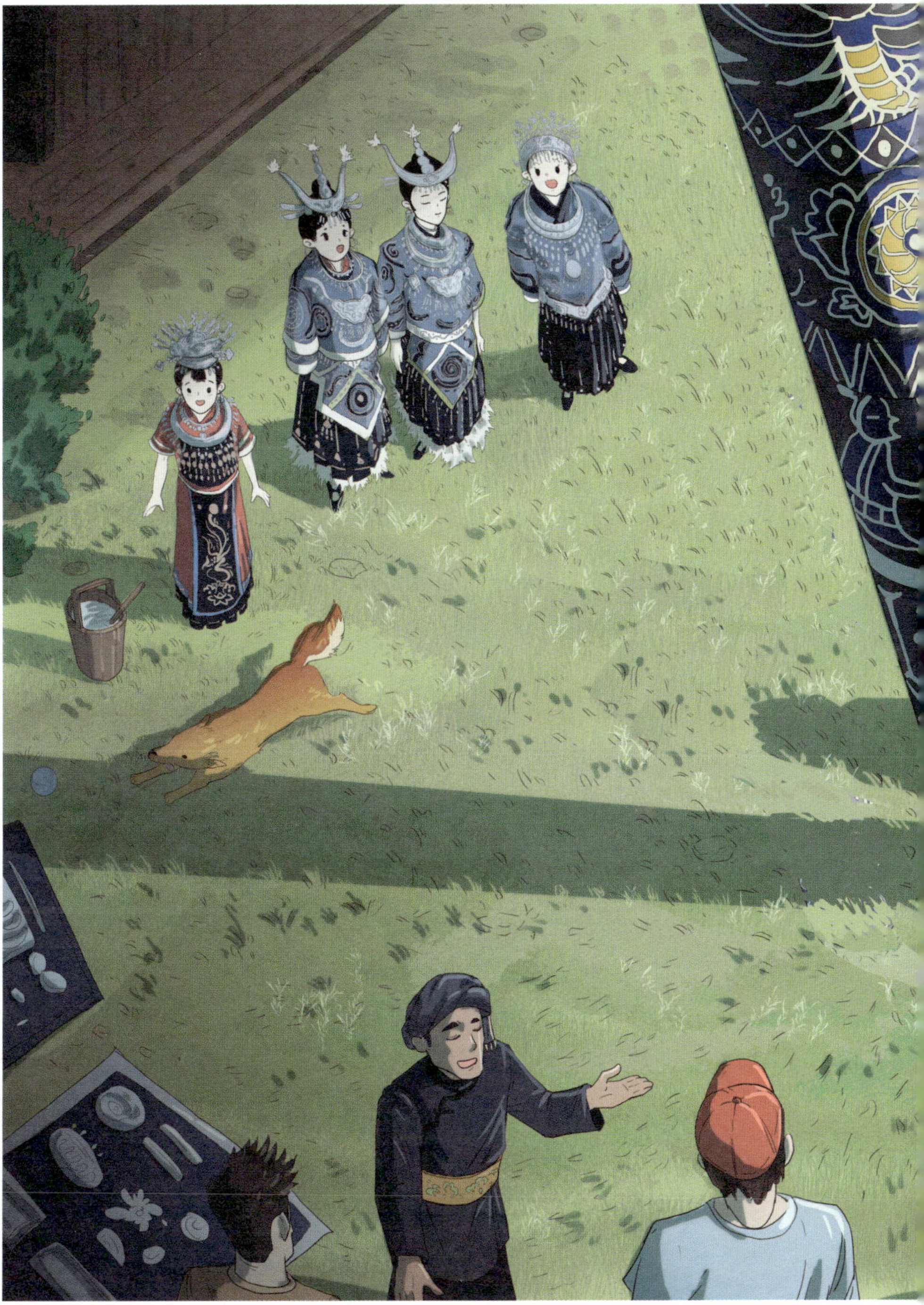

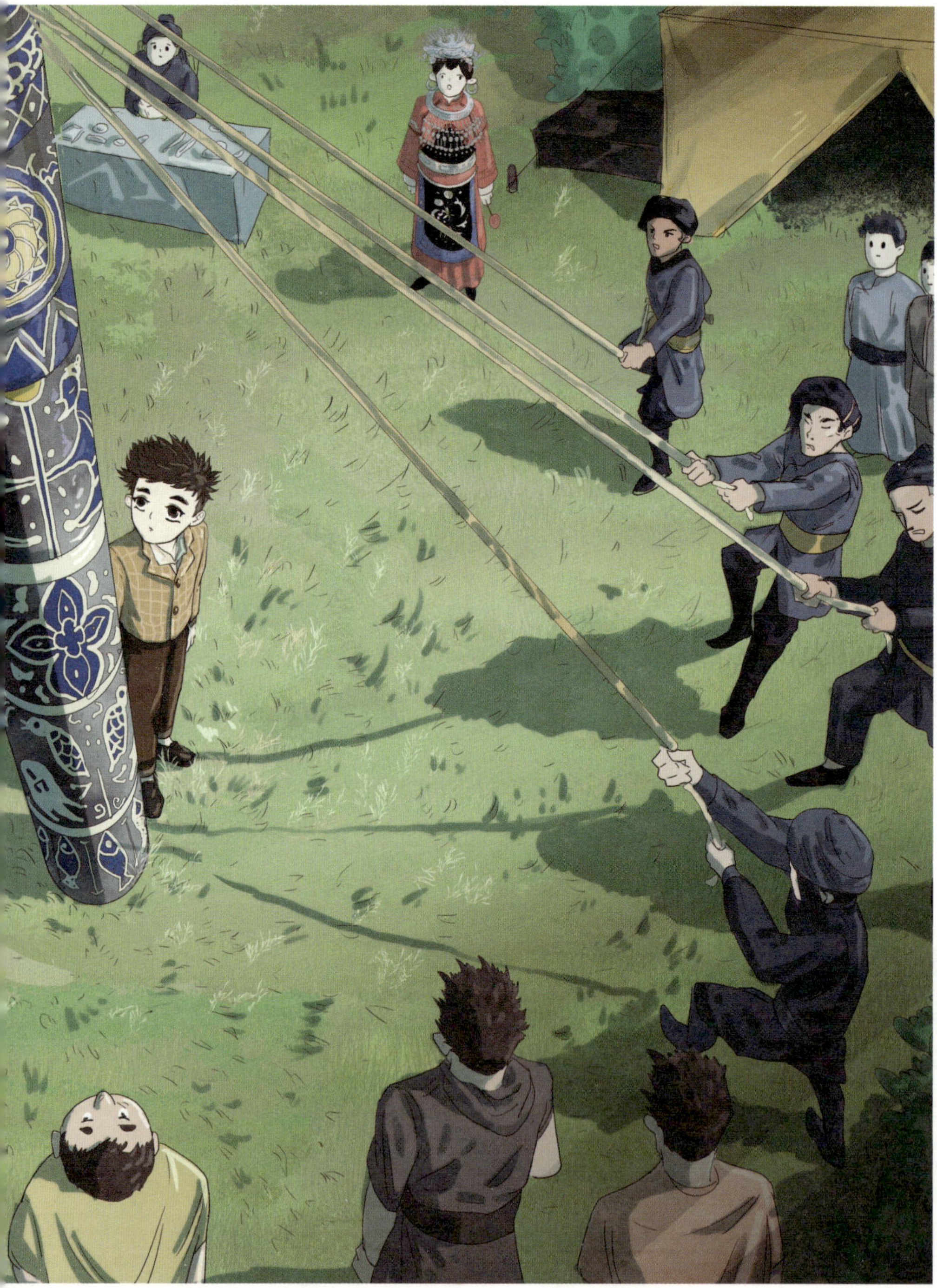

响了起来。

"请七姑娘！"七公仰着脖子，声音洪亮，以至于喇叭里传出的声音都有些疵了。

众人的视线齐刷刷地向着刘满贵投射过来。

刘满贵站起身，从拿刀的汉子中间走过，走到了广场中间，站在柱子下方。

柱子的顶端是一对硕大的牛角，左右对称，向着天空高高扬起。刘满贵抬头望着那对牛角，双手覆面，心中默念七姑娘的名字：多佳颂，多佳颂，快快出来见尤公！

他用苗语默念了三遍，打开遮面的双手，高高举起，然后双膝跪地，向着柱子上方的牛角伏身拜倒，双手贴地，连面孔都几乎挨到了地上。泥土的气息充斥了鼻腔。

高高立着的牛角是尤公的象征，刘满贵拜倒在这柱子下。

《多佳颂》的芦笙调恰到好处响起来。

七个芦笙长老缓缓走出，绕场行走，最后围成一个圈，将刘满贵围在中间。

水从山上来，人往田间去
牛儿犁田过，汉子插秧忙
禾苗青又尖，稻花香又甜
蓑衣沾露水，露水养稻米
请来多佳颂，上天传音讯
风调雨顺日头高，兴高采烈丰收年
……

抑扬顿挫的芦笙调中，七公在唱歌。

歌词都是苗语，发音很轻，词语粘连，仿佛咒语般绵延。

歌声飘进了刘满贵的耳朵里，刘满贵跟着轻轻吟诵。这是他自小背诵熟习的歌，二十年没有温习过，但一唱起来，记忆就像打开闸门的洪水般汹涌而出。

刘满贵直起腰来，盘腿席地而坐，闭上眼睛，应和着七公的歌声。

芦笙的调子忽然一变，变得更为轻柔，咿咿呀呀，如婴儿学语。七公换了一首《太阳早起歌》，和芦笙的调子正好搭配。

刘满贵也随着那调子在心中默默地唱。

不知不觉中，听到的歌声越来越轻，心中的歌声却越来越响。

世界变得很安静，一切声响都消失了，只有自己的歌声仍在。

刘满贵继续唱着，他感到自己的身子渐渐飘了起来，神智一阵恍惚。

当他猛地清醒，却发现自己正行走在田埂上，一团浓浓的雾遮蔽山坡，小径顺着田埂向前，消失在雾气之中。

前边有人在唱歌，歌声从雾气中传来，清脆嘹亮，是难得的女高音，刘满贵加快脚步，上前看个究竟。

浓雾消散，田间的空气格外清冽。就在田埂上，刘满贵看见了唱歌的人。那是一个婀娜的背影，戴着高高的银凤冠，冠上的饰物在风中碰撞，发出细微而清脆的响声。

她穿着百鸟服，每一只绣在衣服上的鸟都栩栩如生，随着她的脚步战动，仿佛会从衣服上跳出来飞走。

七姑娘！

刘满贵心头狂喜。这就是七姑娘！

他赶紧上前，站在那女人身后，深吸一口气，让激动的心情稍稍平复，开口喊了声："多佳颂！"

女人回过来头。

这是一张既熟悉又陌生的面孔。刘满贵确信自己从未见过这女子，然而却又像是曾经见过。她的脖子上挂着银项圈，闪闪发亮，比通常苗家女子戴的项圈粗了一圈。项圈上雕刻着精美的图案，层层叠叠，美不胜收。项圈下方，银铃铛像瀑布一般地挂着，直垂到腰间，盖住了束腰带。她像是被银子裹了一身。

女人嫣然一笑。

"阿满，你找我吗？"女人显然认得自己。

"对对对！"刘满贵忙不迭地回答，"今天是稻花香，我来送七姑娘。"

"好啊！"女人说着伸手一挥，刘满贵顿时只觉得脚下一空，低头一看，自己已经站在半空中，远远望去，梯田就像层层叠叠的抹茶蛋糕，青葱的绿色中掺杂着几缕不易觉察的黄。寨子横在山腰里，像是大山的腰带。

七姑娘就在身旁站着，笑吟吟的样子，正看着自己。

"七姑娘，我们是要去天上吗？"刘满贵不慌不忙，平静地问。

"对啊，你不是要送我吗？当然是去天上。"

"但我只是送你出寨子啊。"

"你不知道送七姑娘，是要送到家的吗？"七姑娘哧哧地笑了起来。

刘满贵仔细地打量七姑娘。

她的面孔有些模糊不清，然而刘满贵知道她很美丽。她是个神话传说中的人，也许就是所有苗家姐妹美好的集合体吧。

她只是一个幻影吗？刘满贵满心怀疑，她分明活生生地和自己站在一起。或者，这是一个梦？

倏忽之间，他们已经落在了一片田地里。

这和丹寨的梯田很像，却又稍有不同。稻子已经成熟，沉甸甸的稻穗弯着,连成黄灿灿的一片。每一颗稻谷都像玉米粒一般大,稻穗有人的胳膊一般粗。

这是天上的寨子,七姑娘长大的地方。

七姑娘在田埂上走着,向着寨子的方向而去。刘满贵慌忙跟了上去。

一个男人站在稻田的尽头。

七姑娘远远地看见那男人,回头向着刘满贵说:"我到了,我先进去了。"

刘满贵一听有些着急:"七姑娘,老乡们问今年的收成,我可怎么说?"

七姑娘一笑:"你不是已经看见了吗?"说话间,她的影像逐渐变得透明,话音刚落,已经消失不见。

刘满贵使劲眨了眨眼。

七姑娘不见了,眼前只有一个男人。男人在向他招手。

刘满贵走上前。

男人的模样长得有点像是七公,眉眼之间又有些差别,年纪更是差了二三十岁。

"阿满,你来了,真是太好了。这里好些年没人来了。"男人说。

"阿大,您是?"

"你认不出我吗?我是你爹啊!"

"爹?"刘满贵满怀惊讶,仔细打量。自己很小就死了父母,是七公一手拉扯大的,对父母没有一点印象。

"那年你三岁,发了高烧,爹背着你赶了六十多里山路到镇上找大夫,你不记得了?"

刘满贵依稀记得这么回事,他记不得缘由,只记得自己昏昏沉沉,不断地颠簸,那是一段很难受的经历,此刻被这个自称自己父亲的人提起,一下子便回忆起来。

他猛然想起了从前的一幕幕情景,他骑在父亲的肩膀上,看着最强壮的水牛打架;坐在田埂上,一边逗弄小青蛙,一边看着父亲插秧;山上的泉水最干净,父亲带着自己,去泉水积聚的池子里泡着,据说这样可以得到祖先的庇佑……

突如其来的回忆让刘满贵错愕不已。他以前就知道送七姑娘可能会见到先人,但没想到居然会遇见自己的父亲。他愣愣地看着这个和自己年纪一般大的父亲。

"你做了颂诗人?"父亲问。

"啊,没有!"

"你这娃子,怎么这么不长进,你说要做颂诗人,做全寨子最光荣的那个人。"

刘满贵知道父亲说的是什么,他能够回想起当时的情景。那时自己年刚三岁,坐在一堆乱七八糟的物什中间。芦笙、锦鸡羽毛、小刀、银色的牛角、女孩儿的胭脂……甚至还有一把稻米,刘满贵似乎记起了当时摆在身前的所有东西。

这是一个小小的仪式,测试孩子将来长大会成为什么样的人。

三岁的刘满贵什么都没有选,而是从这堆物什中爬过,颤颤巍巍地站起来,抱住了一条腿。

那是七公的小腿。

七公笑呵呵地抱起了他:"阿满要做颂诗人咯!"

刘满贵咯咯地笑着,重复听到的话:"阿满要做颂诗人。"

父亲站在一旁,脸上笑开了花。

悠悠的大河哟,宽又长

> 涛涛的河水哟，向东淌
> 两岸的稻田哟，稻花香
> 苗家的儿郎哟，好担当
> ……

七公开口唱了起来，父亲掏出芦笙，和着调子。

芦笙的声音越来越响，越来越跑调。最后，仿佛晴空霹雳一般，天空中传来两声炸雷。

刘满贵猛地睁开眼睛。

他正坐在铜鼓广场的中央，面对着图腾柱上高耸的牛角。芦笙的曲调正高亢，摆放在台上的铜鼓被两个力士击打，发出低沉的咚咚声。芦笙长老们围着自己，摇头晃脑地演奏芦笙，七公就站在自己身前，见到自己张开了眼，双手一举，咚咚的鼓声立即停下。七公原本念咒一般的唱腔一变，大声吆喝："七姑娘走咧！"

人群中爆发出一阵欢呼。

七公弯下腰，向着刘满贵问："今年的收成如何？"

"风调雨顺，大丰收！"刘满贵满头是汗，木然回答。七公直起腰，转过身去，向着人群大声宣告："风调雨顺，丰收年！"

人群爆发出热烈的欢呼，欢快的芦笙响了起来，人们涌入广场，绕着芦笙长老围了一圈又一圈，跟随着音乐节奏跳起舞。

这些喧闹却丝毫也没有影响到刘满贵，他仍旧一脸麻木，像是丢了魂一般。

过了半晌，他才从芦笙的曲调中回过神来。

方才的经历如此逼真，只有一种解释可以说得通：这就是自己的潜意识。刘满贵没有想到，研究了大半辈子的潜意识，这样的经典案例居然发生在自己身上。

回到吊脚楼里，刘满贵翻出手机。如果世界上还有什么人能和自己一道研究这事，那只能是王十二。

电话嘟嘟响了两声后接通了。

"满贵师兄，你不是在放假吗？"王十二的声音传来。

"十二，我有件难得的潜意识研究案例想找你做。"刘满贵压抑着内心的激动，尽量让自己的语调平稳些。

"什么案例，你不是最擅长做案例分析吗？"

"我做不了。"

"你不是开玩笑吧，还有什么案例你做不了的？"

"我自己的案例。"

电话那头沉默下来。

中国科学院神经科学研究所是个漂亮的小院，院子里种满梧桐，临近秋天，梧桐叶带上了些微黄色，和仍旧一片碧绿的草坪相映衬，格外富有美感。

刘满贵坐在梧桐树荫下，盯着前边实验楼的自动门。

他在等王十二。

楼门开了，王十二走出来，他身穿白大褂，戴着蓝色口罩，头上戴着一顶医生的白帽，整个人裹得严严实实，只露出一双戴着眼镜的眼睛。

王十二在刘满贵身前站定，和刘满贵对视一眼，缓缓地摇头。

刘满贵点点头。

这已经是第六次测试失败了。和前几次一样，自己没有感知到任何幻觉，王十二也找不到任何脑波异常。无论是芦笙调还是苗歌，或者铜鼓的敲击，喧闹的人声……两个人设计了各种实验情景，也用尽了各种心理学的诱导方法，最后还是劳而无功。

王十二在刘满贵对面坐下，拉下口罩，说："满贵师兄，看来我们需要再仔细考虑一下还有什么诱导方案。你能再仔细想想吗？"

刘满贵默不作声，脸上挂着苦笑，脑子里却在思绪翻涌。他几乎已经穷尽了一切能想到的要素，如果有，那么就该到那个怪异的幻觉里，去找七姑娘问个清楚。

沉默片刻后，他迟疑地开了口："可能，这不适合做诱导浮现？"

"不可能。"王十二坚定地摇头，"人的任何潜意识活动，肯定能通过特定的诱导方式浮现到意识中。我的论文研究得很扎实，你看过的。"

"没错，但是……"刘满贵犹豫了一下，"总有些特殊情况。"

"你肯定体验了浸入式幻觉，而且就和真正的感觉一样，对吧！"王十二反问。

"没错。"

"这就是典型的潜意识浮现啊！这就是你的潜意识。"王十二的口吻异常笃定，没有给刘满贵留下任何怀疑的空间，但立即又转了语调，"你确定没有使用任何药物吗？"

"没有。"刘满贵非常确定。按照送七姑娘的规矩，当天什么都不能吃，只能喝水。那水，也是从泉眼里直接灌来的水，不会掺上什么迷幻药。在深山里生活的前二十年，他也从来没有听说过迷幻药。

"看来你的潜意识藏得很深，但一旦诱导出来，影响也很大。但我确定这是科学，不是玄学，一定可以找到诱发因素，重复你的经历。"

打心眼里，刘满贵同意王十二的看法。

王十二有个绰号叫"心理学福尔摩斯"，各种案例到他手中，都会被他抽丝剥茧般整理得井井有条。对大多数人来说，心理学像是一门玄学，但对王十二来说不是。王十二是个货真价实的心理科学家，是国内研究潜意识神经活动的专家。思维的症结，需要用思维的手术刀去解开，王十二的思维正如手术刀般锋利。

人的潜意识只是在不知不觉中影响人的行为罢了。在出发去丹寨之前，刘满贵一直这么认为，对那些表现出人格分裂的案例，他一直认为那不过是一种病态，甚至是一些罪犯为了逃避责任而捏造的借口。

然而经历了那真实的梦境之后，刘满贵就不敢那么自信了。或许一些奇怪的东西浮上意识的表层，真的会让整个人变得不一样。

一片梧桐叶落下，飘飘扬扬，恰好落在刘满贵身前。

秋天还没到，叶子就开始落了。

刘满贵心头一动，伸手捡起树叶。

门口的保安室传来喊声："刘老师，刘满贵老师，有人找！"

刘满贵循声望去，只见在保安室门口站着一个人，身穿黑衣，胳膊上绑着一块白纱布。

那像是金锁。不知怎的，刘满贵感到一阵心慌。

金锁果然带来了不好的消息，七公去了。

刘满贵一阵茫然，整个人木了。

"七公说，他没有儿子，指定要你回去主丧。"金锁一边抹眼泪，一边说。

刘满贵麻木地点头。这像是冥冥中的天意，七公一直身体硬朗，从来没有表现出任何衰退的迹象，哪怕就是几天前主持送七姑娘的仪式，也精力充沛，身手灵活。哪能想到这么几天就去了。

"七公怎么去的？"沉默半晌后，刘满贵终于问。

"也就是前天上午的事，早晨起的时候，就不行了。他在弥留之际就念叨你，寨里的人给你打电话，一直打不通。他就留下话，要你主持他的葬礼，然后就去了。我就按照你留的地址找这儿来了。"

这几天为了和王十二一道做试验，刘满贵关掉了手机，让自己不受任何干扰。谁知道，竟然会发生这样的事。

刘满贵伸手拍了拍金锁的肩："我收拾一下，今晚我们赶飞机回去。"说完扭头看着王十二说："实验的事，等我回来再继续吧。"

说完正想带着金锁离开。

王十二一把拉住了他："我跟你一起去。"

刘满贵一愣，随即明白过来："你要去看看实地情况？"

"对，"王十二有些兴奋，语速极快，"环境是最大的诱因，这个我们怎么就忽略了呢？你在贵州老家，那儿的环境会和你的潜意识呼应。既然我们无法在实验室里复现你的潜意识画面，那到现场去看看，说不定就能找到诱因。"说到这里他停顿了一下，"老人家的事，我也很遗憾。我跟你去，你一心一意办丧事就可以了，我在那里看看情况，不会干扰到你。"

刘满贵没有心情细想，随意地点了点头："我们今晚赶回去，你准备一下，慢慢来吧，回头我把地址留给你。"说完便拉着金锁，向着大门走去。

七公的葬礼惊动了八寨的老老少少。

葬礼那天，身穿黑衣、头戴白纱的人挤满了整个丹寨。

白天来吊唁的人络绎不绝，笙鼓不断。

到了晚上，吊脚楼冷冷清清，唯有点在堂前的长明火时而闪烁，带来一点儿动静。

刘满贵枯坐在火盆前，望着火苗闪烁。

他已经守在灵前三天三夜，这是孝子的礼数。七公不是刘满贵的父亲，七公的爷爷是刘满贵的太爷爷，刘满贵管七公叫堂叔，然而从血缘上说已经隔了很远。但从刘满贵记事起，七公就是一手把他拉扯大的唯一亲人。

活着的时候不能尽孝，人不在了，说什么都晚了。

夜风从窗棂间灌进来，吹得火苗呼呼蹿了蹿又暗下来。刘满贵慌忙用手护了护火势，然后起身去关窗子。

当他重新在长明火盆前盘膝坐下，火苗显得温顺而柔和。

刘满贵抬头，七公的棺材横在堂前，棺材上方挂着遗像，满是沟壑的脸上含着笑意，随和而亲切。

三天的忙碌已让刘满贵疲惫而麻木，心里空落落的，像是失掉了魂。

此刻，夜深人静，见到七公的遗像，刘满贵突然悲从中来。忧伤像毒药般浸透了他的身子，让他感到无比酸楚，不可遏抑的战栗从心头涌起，直冲脑际。

刘满贵放声大哭。

整个寨子的人都听见了刘满贵的哭声。

王十二静悄悄地站在铜鼓广场的中央，望着哭声传来的方向。月光映在他的脸上，他若有所思。

稻田里的蛙声突然响了起来，很快，整个山坡上梯田里的青蛙都在鸣叫，此起彼落，像是在应和刘满贵的哭声。

到了出殡的日子。刘满贵抬着棺材，走了一路。自从二十年前离开丹寨，他就再也没有干过重体力活，抬棺有八个人，另外七个都是做惯了农活的汉子，一路走来，脚力仍旧强劲。刘满贵却累得够呛，最后把棺材卸在墓地的时候，摇摇晃晃，几乎虚脱。

金锁扶了他一把，把水壶递给他。

刘满贵接过来，猛喝了两口，喘了口气。不经意间，他在人群中看见了王十二。

王十二也正看着他。

在这种场合被当作研究对象似乎有些尴尬，同意王十二来丹寨考察或许是个失误，至少也该让他在葬礼结束后再来。然而，一切为了研究吧！

下葬仪式开始的土炮响了三声，红色的木棺缓缓向着墓坑降落。

刘满贵避开王十二的视线，在墓坑旁跪下，重新投入到仪式之中。

丧歌响起。

"大河，大田，冷水坝，水井冲，阿略寨，沼泽地……"一连串的地名随着一个低沉嘶哑的声音灌入了刘满贵的耳朵。这些地名耳熟能详，在每一首古歌的起首都会念上一遍。

这是七公的声音。

七公的声音从高音喇叭里传出，快速的唱词仿佛催眠的符咒。

刘满贵情不自禁地跟着那节奏念了起来，他并不熟悉丧歌，那是颂诗人到了三十岁以后才学的，但是这段歌词，他早已再熟悉不过，这是他从小就能倒背如流的部分。

起首词念完了，忧伤的丧歌响起，刘满贵用心听着。

"魂儿上天咯，莫要迷路。尤公在天上，等你归家。锦鸡指路，公牛驾车，山回路转，悠悠晃晃。一把稻米做干粮，醇香米酒入肚肠，再唤我的亲人哟，牵挂千年万年长……"

歌词反复，他很快熟悉了旋律，跟着哼唱起来。

恍惚中，刘满贵仿佛看见了三十年前，十岁的自己正站在七公面前，按照最严格的规矩背诵古歌。七公对自己抱着最殷切的期待，希望自己能继承他，做丹寨的颂诗人。

没错，在所有的年轻人中间，自己的确是最有天赋的那一个。

只要听一遍，就能跟着唱，只要唱几遍，就能背下来。

这算是天资聪颖吧。

人们开始往墓坑填土。

刘满贵站在一旁，作为逝者的代言人，他并不填土，而只是不停地吟唱。七公让他回来，并没有房屋田产要他继承，而是要他颂诗。也许在七公心中，一切都是虚幻，只有颂诗才是真实的，才值得找一个可靠的后生继承下去。

棺木一点点被土掩埋，坑里的土越来越高，最后耸出地面，形成一个鼓鼓的坟包。

刘满贵一直站着，不停唱着丧歌，和高音喇叭里传来的七公的声音配合无间。

这像是上天注定要他做的事。

仪式结束了，刘满贵的嗓子也唱哑了。

人群散去，刘满贵也跟着下山。不经意间，他抬头看见了一旁的山道上，王十二正指挥几个人从不同的位置拍摄。

搞心理学研究弄得像拍电影一样，刘满贵心头有一丝隐隐的不满，然而也顾不上和王十二打招呼，跟着众人下山去了。

回到上海已经是两周后。

如果不是因为所里领导发了消息强烈要求刘满贵回到工作岗位，他还想在丹寨再住上一段时间。七公下葬之后，他只感到心情沉闷，做什么都兴味索然。

然而生活总要继续。

刘满贵跨进研究所的大门，一个身穿蓝色大褂的工作人员走上前来打招呼："满贵哥！"

刘满贵一愣，定睛一看，原来是金锁。

"金锁？你怎么会在这里？"

"王老师找我来的，已经一个星期了。"

"王老师？"

刘满贵不禁感到疑惑，王十二把金锁找来做什么？

"一个星期你都做啥了？"

"就是吹芦笙，王老师给我录音，说要放给你听。"

"哦。"刘满贵隐约猜到了王十二的目的。

"本来我昨天就回去了，但王老师说，你今天回来，让我见了你再走。"

刘满贵心不在焉地点点头，此刻他只想找王十二问个明白。一抬头，只见王十二正站在实验楼门口，全身上下包裹得严严实实，只露出一双眼睛。

看来王十二已经准备好了，正等着自己。

"金锁，中午我请你吃饭，你到上海干脆多留几天，我带你四处转转。"刘满贵一边向金锁交代，一边向着王十二走去。

"这一次应该能行。"王十二冲着他说。

刘满贵并不言语，径直走进了实验楼的大门。

厚重的窗帘拉上后，屋子里一片漆黑。

忽然之间，丹寨的梯田出现在刘满贵眼前。场景明亮，异常逼真，一刹那间，刘满贵仿佛正置身于丹寨，站在寨子里，居高临下，望着满山坡的梯田。

"哇！"

刘满贵下意识地喊了一声。他实在没有想到，虚拟现实可以逼真到这样的程度。

"我对你的情况进行了全面分析，应该归类为综合情景式触发。你从小就熟悉苗语的古歌，这些歌词所描绘的情景能在你的头脑里浮现，只是要借助一些媒介才行。"王十二话音刚落，一阵熟悉的芦笙调传来。这是《欢喜调》，平日里遇上什么喜庆，苗家人就喜欢吹这首曲。

"你把金锁找到上海来,就是为了这个?"

"金锁是芦笙大师。他竟然能吹奏一百多种芦笙调,一口气可以吹上一天,我这几天天天都在听他吹芦笙。"

"你居然对乐器都上心了,但芦笙我们试过了啊。"

"没办法,你的这个案例实在特殊,我要把所有可能的情况都考虑进去。芦笙我们的确试过,但没试过那么多,而且我去了丹寨一趟,有种感觉,芦笙调要和古歌配合,听着特别有感觉,如果再加上特殊的情景,连我这样听不懂歌词的人都会觉得有种什么东西要呼之欲出。比如那天听你唱丧歌……"

"不要提丧事,忌讳。"刘满贵坚决地打断了王十二。他不想去提任何和七公有关的事。

"好。我请了国内最厉害的虚拟现实复原专家,他们的现场效果我看过,的确很厉害,可谓以假乱真。我们在这个实验室里就可以模拟丹寨当地的情形了。"

"如果我知道这是假的,那它就无法引起我的共鸣了。"

"这没有关系,人的大脑中带着模式,只要要素具备,就能产生联想。况且,我要给你催眠,在催眠的效果下,你更无法分辨真假。"

刘满贵缓缓点头。催眠可以让人进入潜意识从而诱导出他们的分裂人格,虽然有一定的危险性,但为了弄清楚自己的脑子里到底在想什么,仍旧值得一试。

一对巨大的牛角出现在刘满贵眼前。

"这个牛角在丹寨到处都是,你们苗族的人可能是把这当作一种图腾,我会给你看各种在丹寨收集到的文化符号,你只要放松,让自己处在轻松状态,让这些东西过你的眼就行。"

牛角立在柱子上,柱子立在梯田的高处,寨子的入口。

悠扬的芦笙响了起来,天空中,五彩缤纷的锦鸡飞过。

刘满贵跟着芦笙的调子唱了起来,他唱的是《锦鸡飞》。

> 苗家迁移到天边哟,粮食丢了种
> 全寨老少怎么活哟,长老发了愁
> 健壮的小伙叫哥金,百发百中神猎手
> 姑娘聪明又美貌,她的名字叫娜悠
> 哥金打猎离不了家,娜悠勇敢上了路
> 七彩缎子身上披,找不到麦种绝不回
> ……

这锦鸡的故事,讲的是哥金和娜悠这对夫妇为了全寨人的生存而上天边去求麦种,娜悠历经千辛万苦,终于到了天上找到天神。天神把麦种给了她,然而告诉她,如果不在三天之内播种,麦种就会腐烂。无奈之下,娜悠只得求天神把自己变为一只锦鸡,从天边飞回了丹寨。哥金打猎,正好猎杀了这只锦鸡,从锦鸡身上的彩带得知道这是娜悠,因此痛苦不已。而锦鸡肚子里的麦种,成为苗家人种子的来源,永远地解决了饥荒的问题。

每逢节庆,苗家的姑娘们总是穿上艳丽的盛装,在芦笙的伴奏下跳锦鸡舞,如果是正式的场合,更是要配合颂诗人完整地把整首长诗唱完,舞蹈才算告一段落。

此刻,刘满贵的眼前,身着盛装的姑娘们正围着火堆跳着欢快的锦鸡舞。五彩绸带象征锦鸡斑斓的尾羽,不断招展,姑娘们模仿锦鸡的身姿,惟妙惟肖。刘满贵唱着唱着,不知不觉中,脚下已经不是黄绿夹杂的大地,而成了缥渺的云朵。他站在白云之巅,身边环绕着跳锦鸡舞的姑娘们。当刘满贵突然间意识到这一点，一阵惊诧，这是进入了潜意识中吗？

跳舞的姑娘向着中央聚拢，她们长得一模一样，就像上一回见到的七姑娘。

这些姑娘们走到一起，彼此间毫无瑕疵地融在了一起，一个接着一个，最后场地里只剩一个姑娘。她笑吟吟地高举双手，身上的服饰陡然一变。原本满身银灿灿的装饰都不见了，五彩斑斓的锦鸡服舒展开，很快将人整个包裹起来。彩色的巨大包裹开始变换形态。

天空中传来一声清亮的鸟啼，那包裹变成了一只巨大的锦鸡在刘满贵头顶盘旋飞舞。

锦鸡落下，在刘满贵眼前吐出一颗颗种子。一颗接着一颗，每一颗种子落在刘满贵身前，就开始生长。绿色的植物长得飞快，很快高过了刘满贵的头顶，枝叶交错，成了一堵绿色的墙。

墙上洞开一扇门，刘满贵走了进去。

门后是一条小径，像是从前他每天上学都要走的小路。

七公站在小路旁，穿着一身黑衣，手中拿着粗大的木棍。

刘满贵走上前，在七公面前，怯生生地喊了一声："七公！"他赫然发现，自己竟然还是二十岁的模样。

"你不要再去上学了！"七公严厉地告诉他。

"我要去。"刘满贵的回答很倔强。

木棍劈头盖脸地打了过来，落在刘满贵身上，每一下都很疼，疼到刘满贵心里。

七公一边打，一边恶狠狠地骂："这个不听话的畜生，乡亲们省吃俭用供你上学，成了大学生就忘了本。丹寨不好，你又哪里会好！"

刘满贵忍着疼，一声不吭。外边的世界很广阔，不离开丹寨，他会后悔一辈子。

打着打着，七公的模样越来越老，身上的衣物的颜色也越来越淡，手上的力气越来越轻。到最后，原本粗大的木棍成了一条若有若无的鞭子，打在刘满贵身上，完全没了力道。

七公丢掉鞭子，开始唱歌。

> 漫漫山路远哟，熊罴虎豹多
> 先人多艰难哟，修得子孙福
> 尤公英灵在哟，汩汩泉水流
> 丹寨好儿郎哟，欢声把歌唱
> ……

这是一首《好儿郎》。刘满贵跟着唱了起来，空中传来芦笙的曲调，正和歌词相配。

七公一边唱，一边沿着山路走去。刘满贵跟着他。

走着走着，前边多了一个人，只能看见背影，但刘满贵知道那是谁，那是村子里前任族长，自己只在很小的时候见过一次，有个模糊的印象。前任族长挂着一根拐棍，但走起路来飞快，就像在飘。不一会儿，队伍的前边又多了一个人，这一次，那人身穿苗族的传统服饰，头顶上插着两根漂亮的尾羽，吹着芦笙。那人的模样竟然和金锁有几分相似，然而刘满贵知道他是五十年前的一个芦笙大师，叫颂噶。颂噶大师吹着芦笙，也是《好儿郎》的调子。锦鸡飞来，绕着颂噶大师飞舞。再走几步，两个年轻人出现在队伍前边，一个手中握着弓，搭着箭，另一个则扛着火枪，挎着苗刀，那是一段占山为王的日子，纷乱的民国时代，苗家的两个英雄，多扎贡和多金卢……队伍越来越长，到后来，发现了七口泉眼的阿宽带着他的黄狗来了，哥金来了，娜悠来了，七姑娘也来了……最后竟然来了上百人，仅容一人通行的小道上显得分外拥挤，一行人排成了一条长龙，沿着弯弯曲曲的小道向前。

刘满贵走在队伍的末尾。

这是先人的队伍，不管是传说，还是确有其事，他们都是丹寨的先人。

跟着先人的队伍，踏在一条不知通往何方的小路上，刘满贵心头充满喜悦。这像是一条朝圣之路。

小路的尽头是一个巨大的铜鼓，鼓上浇筑着太阳和凤鸟的图案。铜鼓高十多米，直径也有十多米。铜鼓下，是一扇高过两米的门。大门的两端，各有一对牛角，镶嵌在两条门柱上。

队伍从门柱间通过，进入了铜鼓里边。

天地一片昏暗，只有中央点着一团篝火。风呼呼地吹，篝火燃得更旺。

人们四下散开，围着火堆唱歌跳舞。

火光熊熊，在半空中形成一个巨大的光球。咚咚咚，低沉的鼓点充斥着众人的耳朵。

随着鼓点，一个人形从光球中浮现出来，他的身材异常高大，像是一个顶天立地的巨人。巨人左手持剑，右手持刀，光着上半身，一块块肌肉有如铁石，看上去异常勇武。特别引人注目的是他的头——他戴着一个牛头面具，一对巨角高耸，和寨子里图腾柱上的牛角一模一样。

跳舞的人群伏身跪下，纷纷拜倒。

这是尤公，尤公祭天的时候，就会变身成这种牛头人身的形象。

刘满贵也跟着众人拜倒，牛头人似乎被铁链捆缚，动弹不得。它发出一声嘶吼，吼声低沉，动人心魄。

魂归丹寨　207

吼声中，红色的火焰暗淡下去，身边的先人们也一个接一个消失不见。当火光最后熄灭，牛头人身的尤公也消失在黑暗之中。

刘满贵在黑暗中匍匐着。

七公突然出现在他身旁，瘦小的身子蜷缩着，躺在地上，显得异常苍老，气若游丝。黑暗中没有光，七公的身子却很醒目。

"阿满！"七公喊他。

刘满贵转身，跪在七公身前。

"阿满啊，不是不让你走，但是你走了，寨子怎么办？这颂诗人，总得找人传下去。"

"七公，阿满明白。"刘满贵恭敬地回答。

"你啊，终究是不明白。但我也看明白了，这诗，渐渐也没人唱了，外边的日子好啊，田地寨子都不要了，唱诗又有什么用呢？"七公叹了口气。

刘满贵不禁有几分凄然。

外边的世界变化得太快，山沟里的苗家远远地落在后边，当眼界打开，找到机会的年轻人总会走出去，留下的老人逐渐凋零，传统也就失去了继承者。

"泉水清清哟，梯田层层灌满哟，又是一年好光景哟，丹寨儿女耕织忙……"七公扯着嗓子唱了起来。

歌声中，七公的身子逐渐变得透明，最后消失不见。

世界仍旧一片黑暗，只有七公的歌声在回响。

刘满贵跪坐在黑暗之中，满心凄凉。

"满贵师兄！"

他听见了王十二的喊声。

试验结束了，这无疑是一次成功的试验。

他缓缓睁开眼睛。

"你的脑波很活跃，和进入深度睡眠的脑波特征相似，这一次，你肯定进入了幻觉中。"王十二的声音中压抑着兴奋。

刘满贵像是仍旧沉浸在梦境中，目光呆滞。这和梦境很像，然而做梦醒来就会忘掉，这样的经历却绝对忘不掉，沉淀在了记忆里。梦境和现实，变得有些混淆不清了。

对一个要保持清醒的人，这不是什么好事。

"满贵师兄！"王十二注意到刘满贵的异常，不无关切地问。

"刚才最后是放了七公的录音吗？"刘满贵悠悠地问。

"一直在放。"

"最后的颂诗，再给我听听。"

七公唱的《思涌泉》在实验室里回响，刘满贵和着那调子，打着节拍。

金锁悄悄地走进来，吹起了芦笙。

刘满贵唱了起来，原本愁苦的脸渐渐舒展，露出一丝微笑。

"这是六婆婆，你要叫太婆。"刘满贵对儿子说。

"太婆！"刘子裕毕恭毕敬地喊了一声。

六婆婆欣喜地看着眼前的后生，高大健壮，彬彬有礼。"真是好后生啊！这身板……啧啧啧。这回来住几天啊？"

"已经来了有几天了，今天送他走。"

"啊！"六婆婆惊讶地叫了一声，"都已经来了几天了？这屋前屋后的，都没见到人啊。"

"他不习惯住寨子，在县城住。"

"哦。我们这吊脚楼啊，可讲究了，冬暖夏凉……"六婆婆如数家珍般开始唠嗑。毕竟六婆婆上了年纪，说的话又是土语，十句里刘子裕有八句听不懂的，只得顺着她的话不断点头。

刘满贵看出了儿子的窘迫，帮他解了围："六婆婆，孩子要赶飞机，我先送他走，回来再接你上铜鼓广场，今天有集市呢。"

从六婆婆家出来，刘满贵又带着儿子在寨子里转了几户人家，最后来到了廊道。

这条廊道是刘满贵建的，足足花了三年的工夫。三十多米的长廊，依山而建，靠山的一边都是木雕画，画上记载着苗家千百年来的各种传说，向着山谷的一边风景绝佳，已经成了丹寨最著名的观景点。

金锁在这里等着，见到刘满贵，迎了上来，"满贵哥！"

"金锁叔！"刘子裕恭敬地叫了一声。

"金锁，咱们今天给孩子唱首诗。他要去美国留学，该看的总该看看。"

金锁举着芦笙说："我这都准备好了，唱哪一首？"

"就唱《送儿郎》吧，应景！"

芦笙的曲调响了起来，刘满贵清了清嗓子。

> 丹寨的儿郎要远行，八寨的乡亲听我唱
> 他乡的山水千千万，丹寨的泉水清又长
> 儿郎此去远家乡，父母在垄上驻足望
> ……

刘满贵中气十足，整个山谷似乎都能听见他的歌声。刘子裕认真地听着，和着节奏不住点头。

歌唱完了，刘满贵送儿子上了车。

"下周要举行祭尤节，我就没法在上海送你了。去了那边，自己要照顾自己。"

"爸,你放心吧!"

白色的车子消失在山路的拐弯处。

刘满贵收回自己的目光。不知道儿子究竟会怎么理解自己今天的举动,他也没有问。

有些事,问了也没有用。每一个人,都会有属于自己的世界吧,也许要到四十岁才能发现,也许一辈子都找不到,不能强求。

刘满贵在廊道里坐下,望着群山环抱之中的丹寨。

十年前他回乡探亲的时候,从没想过自己会在这里一住就是十年。

或许自己的后半辈子都会守在这里。

雾气蒸腾,笼在梯田上,寨子仿佛飘浮在云雾之中,有如仙境。

山谷醒了,正吐出一口气息。

刘满贵闭上眼睛,做了一个深呼吸。